Jana Crämer, Bloggerin (»Endlich ich«), Influencerin und mit dem Musiker Batomae bundesweit auf Konzertlesungen unterwegs, wog noch vor wenigen Jahren 180 Kilo. Mit ihrem autobiografischen Roman »Das Mädchen aus der 1. Reihe«, auf ihrem Blog und in ihrem Podcast »Schweigen ändert nichts« spricht sie schonungslos über ihre Essstörung. Für ihr Engagement wurde sie 2018 mit dem SignsAward geehrt.

Jana Crämer

Unvergleichlich Du

Wie Du Deine beste Freundin wirst

Oetinger Taschenbuch

MIX
Papier aus verantwortungsvollen Quellen
FSC® C002795
FSC
www.fsc.org

Originalausgabe
1. Auflage

Max-Brauer-Allee 34, 22765 Hamburg

Dieses Werk wurde vermittelt durch die AVA international GmbH
Autoren- und Verlagsagentur, München.
www.ava-international.de

Einbandgestaltung: Steffen Meier
Satz: Sabine Conrad, Bad Nauheim
Druck und Bindung: Livonia Print SIA, Ventspils iela 50,
LV-1002, Riga, Lettland
Printed 2020
ISBN 978-3-8415-0641-2

www.oetinger-taschenbuch.de
www.endlich-ich.com

Hallo, du Liebe,

Wie toll, dass du in diesem Moment mein Buch in deinen Händen hältst!

Leg es jetzt bitte nicht weg, denn es bedeutet mir grad wirklich die Welt, dass du dir die Zeit nimmst, diese Zeilen zu lesen. Und schon jetzt möchte ich dir eins versprechen: Dieses Buch wird dir guttun. Klingt vielleicht komisch, ist aber so. Und wenn ich jemandem etwas verspreche, dann halte ich das auch.

Ich habe angefangen, dieses Buch zu schreiben, als es mir nicht besonders gut ging. Um ehrlich zu sein, ging es mir sogar ziemlich mies. Hätte ich mich vorne drauf im Spiegel gesehen, oje, vermutlich hätte ich mich vor mir selbst erschreckt.

Irgendwie wurde mir alles zu viel. Da waren plötzlich Gefühle, die ich nicht unter Kontrolle hatte. Da waren riesige Erwartungen, die andere an mich stellten. Dazu kamen noch meine ständigen Vergleiche, in denen ich immer nur den Kürzeren zog. Und als wäre das nicht genug, schien auch die ganze Welt um mich herum im Chaos zu versinken.

Das alles hat mir schreckliche Angst gemacht, und am liebsten hätte ich mich einfach nur unter meiner Bettdecke versteckt und gewartet, bis es endlich vorbei wäre – unter meiner Bettdecke mit ganz vielen Süßigkeiten. Na ja, oder eben ohne, je nachdem, ob ich grad mal wieder hungerte oder viel zu viel in mich hineinstopfte. Mein Leben hat mich einfach mal komplett überfordert. Ich wollte nichts mehr hören, nichts mehr fühlen und nichts mehr sehen. Okay, ab und zu mal Instagram und die neuen Filter checken war schon drin, aber das reichte dann auch.

Wenn andere mir sagten, dass ich doch schlau und hübsch sei und nicht so gemein mit mir selbst umgehen sollte, war das zwar ganz lieb gemeint, nützte mir aber nichts. Die mussten ja nicht mit meinem Körper rumlaufen, und ebenso wenig mussten die meine Gedanken denken oder meine Gefühle fühlen. Die hatten also gut reden und machten es mit ihren Kommentaren eher schlimmer als besser.

Irgendwann war ich es leid, so traurig zu sein, und habe angefangen, die verschiedensten Dinge auszuprobieren, um mich besser zu fühlen. Einige waren totaler Quatsch, andere komplette Selbstverarsche, aber die meisten haben tatsächlich geholfen. Meist sogar genau die Tipps, bei denen ich vorher nur genervt die Augen verdreht hatte.

Heute bin ich froh, dass ich all das ausprobiert habe, denn nur so kann ich jetzt mit einem breiten Lächeln hier sitzen und dir davon erzählen. Dir Seite für Seite davon berichten, wie ich mir die Kontrolle über mein Leben zurückgeholt habe, yepp, wie ich meine innere Hymne und meine äußere Stärke gefunden habe. Ich war einfach nicht dafür gemacht, unglücklich zu sein – und du bist das auch nicht!

In diesem Buch findest du also einige Geschichten aus meinem Leben, dazu reichlich Tipps und Übungen und ganz viele Seiten, die du selbst ausfüllen und nach deinen Wünschen gestalten kannst. Ein bisschen wie ein Tagebuch, nur besser. Ich wünsche mir, dass dieses Buch zu deinem Begleiter wird, yepp, zu deinem Seelenstreichler und geheimen Glücksvorrat.

In ein paar Jahren wirst du dann diesen kleinen Schatz aus dem Schrank nehmen, dein Lächeln im Spiegel vorne drauf sehen, es dir vielleicht auf einer Parkbank in der Sonne gemütlich machen und mit einem Kitzeln im Bauch darin stöbern. Klingt für dich gerade noch absolut unvorstellbar? Vertrau mir, so wird es sein.

Dann wird es nicht mehr nur mein, sondern vielmehr dein Buch sein, denn dann wird es deine Geschichte erzählen …

… deine Geschichte, wie du unvergleichlich wurdest.

Alles Liebe,

Jana

Gebrauchsanweisungen

Jetzt mal ehrlich, liest du Gebrauchsanweisungen? Ich nicht, meist verwirren die mich nur. Okay, außer die auf Pflegeprodukten für Haut und Haare, die lese ich immer sehr genau, meist unter der Dusche. Yepp, und genau an der Stelle, wo steht, dass das Produkt auf gar keinen Fall in die Augen kommen sollte, tropft mir dann etwas Schaum vom Haaransatz, und meine Augen fangen an zu brennen. Na ja, zum Glück weiß ich dann, dass ich sie lieber ganz schnell mit klarem Wasser ausspülen sollte. Immerhin.

Aber ich meine eher solche Gebrauchsanweisungen, um Regale aufzubauen oder Handys und Computer einzurichten. Die ignoriere ich mehr als gekonnt. Ich probiere es einfach so lange, bis es entweder klappt oder ich verzweifelt alles in die nächste Ecke pfeffern möchte. Kurz bevor ich das dann wirklich mache, gebe ich der ganzen Sache noch eine Chance, indem ich mir ein YouTube-Tutorial raussuche.

Deshalb gibt es zu diesem Buch hier zwar eine kurze Minigebrauchsanweisung, aber ebenso auch ein YouTube-Tutorial. Auf meinem YouTube-Kanal findest du ganz viele weitere Videos zu diesem Buch mit kleinen Übungen, einige Bastelanleitungen und natürlich ganz viel Musik von meinem besten Freund Batomae. Am liebsten würde ich dir jetzt schon von ihm erzählen, aber das spare ich mir für später auf. Um genau zu sein, für Seite 122. Also einfach unseren Kanal abonnieren und nichts mehr verpassen, außerdem freue ich mich, wenn du mir Kommentare dalässt, damit ich weiß, wie es dir gefällt.

So geht's:

1. Du musst das Buch nicht von vorne nach hinten lesen, aber du könntest.
2. An vielen Stellen gibt es Listen, Felder und leere Zeilen zum Ausfüllen. Wenn du deine Ideen und Gedanken gerne mit anderen teilen möchtest, um ihnen zu helfen, poste ein Foto mit dem Hashtag #unvergleichlichdu.
3. Wenn du neugierig bist, wie andere die Seiten ausgefüllt haben, oder einfach etwas Inspiration brauchst, kannst du natürlich auch nach #unvergleichlichdu suchen.
4. In einigen Kapiteln verweise ich auf andere Kapitel, wo du noch etwas tiefer in die jeweiligen Gedanken eintauchen kannst. Da steht dann in Klammern die jeweilige Seitenzahl.
5. Immer wieder dreht es sich um Musik und innere Hymnen, deshalb gibt es natürlich verschiedene Playlists bei Spotify, den jeweiligen Namen verrate ich dir im Text.
6. Die Bastelanleitungen findest du in verschiedenen Tutorials auf meinem YouTube-Kanal.
7. An einigen Stellen gibt es den Hinweis, dass du dir etwas downloaden kannst, dabei entstehen für dich natürlich keinerlei Kosten.
8. Diese Gebrauchsanweisung bitte nicht unter der Dusche lesen.

Alle Downloads, Links und Videos findest du auf:

www.unvergleichlich-du.de

Alle YouTube-Videos findest du hier:

www.youtube.de/musik-trifft-roman

Bei Instagram findest du mich hier:

@jana.craemer

Du möchtest die Songs und Playlists aus dem Buch nicht lange bei Spotify suchen? Kein Problem, du kannst einfach drauflosscannen.

So geht's:

1. Öffne in deiner Spotify-App die Suchfunktion (Lupen-Symbol).
2. Tippe nun auf das Kamera-Symbol (oben rechts) in der Suchen-Leiste.

3. Nun musst du nur noch die Kamera auf die Spotify-Codes richten, die du immer wieder an verschiedenen Stellen im Buch findest.
4. Jetzt heißt es: Musik an, Welt aus.
5. Abonnieren nicht vergessen, dann verpasst du nichts.

Übung:

Probier es doch gleich mal bei dem hier abgebildeten Code aus!

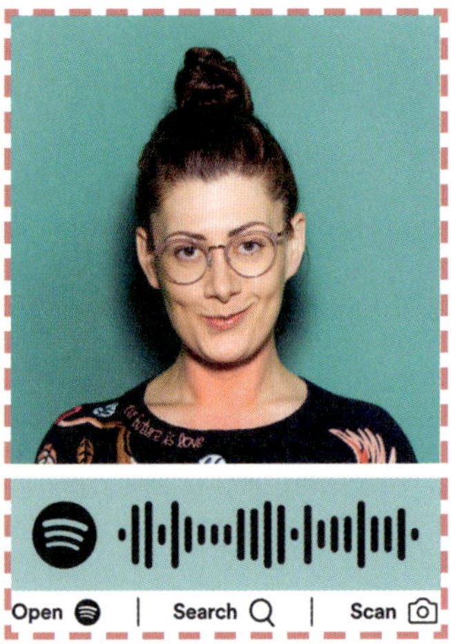

Warum dieses Buch?

»Was du geschafft hast, ist unglaublich! Du musst unbedingt einen Ratgeber schreiben«, war so ziemlich das Letzte, was ich von meinem besten Freund Batomae hören wollte. Eigentlich wollte ich in diesem Moment nur meine Süßkartoffelpommes in den Avocado-Dip tunken und mich drüber freuen, dass mir das inzwischen gelingt. Und zwar vollkommen ohne Herzrasen, ohne zittrige Hände, ohne schlechtes Gewissen oder anschließenden Fressflash. »So ein Quatsch, das schafft doch jeder«, hatte ich geantwortet und dabei die Augen verdreht. Zumindest innerlich, denn Batomae hasst es, wenn ich das tue.

»Sei ehrlich, Jana, hättest du vor einem halben Jahr dran geglaubt, dass du hier in Kleidergröße 38 sitzt und mit mir in einem Restaurant entspannt zu Mittag essen kannst? Hm?!«, kam es von ihm zurück, und er deutete auf meine Pommes. Ich zog eine Schnute, konnte mein Lächeln aber nur kurz unterdrücken. »Na, siehst du. Und es wäre doch ziemlich gemein, es für dich zu behalten«, waren die Worte, mit denen er mich dann so sehr zum Nachdenken brachte, dass er mir zwei Pommes vom Teller stibitzen konnte.

Gibt's denn inzwischen nicht schon mehr als genug Bücher darüber, wie wir lernen, unseren Körper lieb zu haben, selbst die außergewöhnlichsten Ziele zu erreichen und glücklich zu werden? Also, ich für meinen Teil habe davon einen ganzen Stapel zu Hause rumliegen. Und gäbe es einen Ratgeber, wie man am besten einen Ratgeber schreibt, ich hätte ihn. (Memo an mich: Googeln, ob es so einen Ratgeber gibt.) Mal ehrlich, ist denn nicht wirklich schon alles gesagt oder vielmehr geschrieben worden?

Während ich so drüber nachdachte, musste ich an meine Schulzeit denken. Ich hatte in der aktiven Unterrichtsbeteiligung nur so miese Noten, weil ich immer dachte: »Na, das ist doch ganz logisch. Ich kann doch jetzt nicht das, was eh auf der Hand liegt, nur noch mal neu verpackt mit einem innerlichen ›Tadaaaa‹ als Antwort präsentieren.« Also hielt ich den Mund und machte ein ahnungsloses Gesicht, damit mich Frau Backhaus auch bloß nicht drannahm. Nur um ganz sicherzugehen, dass ich nicht drankam, suchte ich noch angestrengt meinen Radierer. Meinen Radierer, der wohlbemerkt immer ganz rechts außen neben dem Anspitzer im Schlampermäppchen lag.

Dann zeigte die doofe Isabell links neben mir auf, gab die Antwort, die ich soeben in meinen Gedanken augenrollend beiseitegeschoben hatte, wurde gelobt und bekam einen Fleißiges-Bienchen-Stempel. Oh Mann, wie gerne hätte ich auch mal so ein Bienchen bekommen, oder zumindest den kleinen Schmetterling.

Zeit also, diesen Kreislauf heute, etliche Jahre später, zu beenden und eben mal nicht den Mund zu halten und das Radiergummi zu suchen, sondern aufzuzeigen, das Schweigen zu brechen und den schönen Stempel zu kassieren.

Übung:

Hast du noch schöne Stempel zu Hause? Auf der folgenden Seite ist Platz, dir selbst ganz viele »Du bist unvergleichlich«-Stempel zu geben.

#unvergleichlichdu Poste diese Seite!

Warum bin ich, wie ich bin?

»Warum kann ich nicht einfach anders sein? Warum bin ich nicht entspannter, größer, lustiger, spontaner oder extrovertierter? Warum bin ich, wie ich bin?« sind Fragen, die ich mir früher fast täglich gestellt habe. Ich wollte so schrecklich gern anders sein, weil ich der festen Überzeugung war, dass es mir dann besser ginge. Nach Familienfeiern stellten sich mir diese Fragen hingegen deutlich weniger, denn genau diese Zusammenkünfte von Tanten, Onkeln, Omas, Opas und Cousinen gaben mir regelmäßig die Antworten: »Das hat sie von Oma«, »Du lachst genau wie deine Mama« oder »Guck mal, die Augen haste von deinem Vater«.

Die Familie, in die wir geboren werden, können wir uns nicht aussuchen, und auch wenn wir viele Anlagen für Eigenschaften von unseren Verwandten geerbt haben, können wir trotzdem Einfluss darauf nehmen, welche wir übernehmen wollen und welche eben nicht.

Ich hätte mir gewünscht, dass ich das schon viel früher erkannt hätte, denn ich habe sehr lange gebraucht, um zu verstehen, warum ich so ein Workaholic bin und mich so sehr über Leistung, Disziplin und Ehrgeiz im Beruf definiere. Um ehrlich zu sein, war das erst vor ein paar Wochen während der Aufzeichnung einer neuen Podcast-Folge von »Schweigen ändert nichts«.

Mein bester Freund Batomae und ich sind mal wieder vom Hölzchen aufs Stöckchen gekommen, und während wir uns einig waren, dass wir mehr Freizeit in unser Leben integrieren müssen, haben wir über meinen Vater gesprochen, der sich in seinem Leben sehr viel Platz für Freizeit eingeräumt hat. Er hat gearbeitet, um zu leben. Ich hingegen lebe, um zu arbeiten. Zumindest fühlt es sich an den meisten Tagen so an. Ich liebe es, zu arbeiten, und das vermutlich etwas zu sehr.

Jetzt denkst du vielleicht, dass mein Vater, weil wir da so unterschiedlich sind, nichts mit meiner Liebe zur Arbeit zu tun hat, aber ganz so einfach ist das nicht. Mein Vater hatte einige Eigenschaften an sich, die ich überhaupt nicht mochte, zum Beispiel trank er viel zu viel. Ich wollte auf gar keinen Fall so werden wie er, also tat ich alles, um mich von ihm abzugrenzen. Er aß Wurst, ich nahm nur noch Käse. Er fand es toll, wenn ich meine Haare offen trug, ich kramte die Haargummis raus. Er zeigte Gefühle, ich baute eine Mauer um mich, genau, und er wollte nicht, dass die Arbeit zum Lebensmittelpunkt wurde, und ich stellte meine Arbeit genau dorthin.

Auch wenn ich also glaubte, mich so möglichst wenig von meinem Vater beeinflussen zu lassen, beeinflusste mich sein Denken und Handeln sehr, da ich immer genau das Gegenteil von dem wollte, was er gut fand. Von meiner Mama habe ich mir viele schöne Eigenschaften abgeschaut, dass ich andere gerne verwöhne und einfühlsam bin. Von meiner Oma habe ich definitiv den Ehrgeiz und von meinem Opa den Dickschädel.

Schau doch mal, welche Eigenschaften du von deinen Verwandten übernommen hast.

Multiple Choice:

Wie bin ich, wie ist Mama, wie ist Papa, wie ist Oma, wie ist Opa? Gibt es Eigenschaften, die du bei dir und bei jemandem aus deiner Familie eingekringelt hast?

Beispiele: kreativ, lustig, fantasievoll, melancholisch, freundlich

Mama

Papa

Und jetzt kringel doch mal die Eigenschaften, die du ganz besonders an dir magst, grün ein.

Freunde sind die Familie, die man sich aussucht, deshalb findest du auch eine Spalte für deine beste Freundin/deinen besten Freund.

Dein eigener Weg

»Das haben wir schon immer so gemacht« und »Dieser Weg ist der Beste für dich« sind Sprüche, die dir auch bekannt vorkommen? Darf ich ganz ehrlich sein? Früher war ich ganz dankbar, wenn mir jemand gesagt hat, wie es laufen muss, damit es am Ende gut für mich ausgeht. So musste ich keine Entscheidungen treffen und konnte sogar am Ende jemand anderen dafür verantwortlich machen, wenn es nicht so gut lief. Yepp, heute klingt das in meinen Ohren auch irgendwie blöd, denn nur, weil jemand anders Schuld hatte, war ich ja nicht glücklicher. Aber damals hat es in meinem Kopf durchaus Sinn ergeben.

Heute ist es mir bei meinen Entscheidungen ziemlich egal, ob das schon mal jemand für mich getestet hat, also ob jemand schon mal diesen Weg gegangen ist und ihn als sicher eingestuft hat. Nein, ich kraxel jetzt natürlich nicht auf irgendwelchen unbefestigten Wegen durch die Berge oder kämpfe mich durchs Unterholz im dämmrigen Wald. Aber bei meinem Lebensweg und den Entscheidungen, was gut für mich ist, höre ich nur noch auf mich. Klar, ich lasse mich von den Menschen, die mir am Herzen liegen, beraten und frage natürlich nach deren Meinung, aber am Ende höre ich auf mein Bauchgefühl und entscheide allein. Gut, zusammen mit meiner Pro-und-Contra-Liste (die Vorlage für eine eigene findest du auf S. 30), aber du weißt, was ich meine. Und genau so würde ich es dir auch empfehlen.

Auf deinem Weg kann dich niemand überholen, denn es ist kein Wettlauf mit irgendwem anders. Letztendlich weißt nur

du, wie dein Ziel aussieht und ob es dir die Mühe wert ist. Versteh mich nicht falsch – nur weil es mal schwierig wird oder ich verzweifelt alles hinschmeißen möchte, weil mir der nächste Schritt so schwerfällt, gebe ich mein Ziel nicht auf. Je schwerer uns der nächste Schritt fällt, desto wichtiger ist es, ihn zu gehen. Trau dich, jeder Schritt bringt dich weiter.

Es ist dein Weg zu deinem Ziel. Nur du allein bestimmst das Tempo, und du allein entscheidest, wann du eine Pause einlegst, um dir anzuschauen, welche Strecke du schon gegangen bist, ob du kleine Teilziele (eine To-do-Liste findest du auf Seite 60) vielleicht sogar schon erreicht hast. Und wenn dein Weg dann doch mal nicht so geradlinig verläuft, wie du es dir vorher gewünscht hast, hast du dir wenigstens die Gegend links und rechts vom Weg angeschaut. Umwege erweitern die Ortskenntnisse.

Übung:

Was ist dein nächstes Ziel?

Worauf freust dich auf dem Weg?

Wovor hast du noch etwas Respekt?

Gibt es schon etwas, was du für dein großes Ziel getan hast?

Gibt es kleine Etappenziele, die du feiern könntest?

Wie möchtest du das nächste Teilziel feiern?

Pro

Contra

Happy End im Kopfkino

Kennst du das auch? Du sitzt im Bett und grübelst über ein Problem. Du malst dir die schlimmsten Dinge und krassesten Katastrophen aus, und genau dadurch wird dein Problem nicht kleiner, sondern viel, viel größer. Dein Kopfkino wird immer extremer, dein Puls noch schneller, und der Kloß im Hals wird unerträglich schwer. Du denkst gerade noch über die Dinge nach, die vielleicht passieren könnten, und schon im nächsten Moment gehen die Gedanken mit dir durch und setzen so lange noch einen obendrauf, bis das Drama perfekt ist. Kommt dir bekannt vor?

Diesen Moment kennen wir leider alle. Warum das so ist? Sorgen und Ängste sind einfach mal schrecklich feige und treten genau deshalb meist nur im Rudel auf.

Wenn du also spürst, dass dir genau das passiert und der Gedankenstrudel dich in die Tiefe zieht, versuch einmal Folgendes: Setz dich aufrecht hin, atme tief durch und sag leise »Stopp!«. Wenn du alleine bist, kannst du's natürlich auch laut sagen, aber wenn du dich in Gesellschaft befindest, würde ich das nicht empfehlen. ;)

Jetzt kommt der Moment, ab dem du bestimmst. Du bist die Regisseurin deiner Gedanken. Du entscheidest, wie es weitergeht. Überleg dir jetzt ein Happy End für dein Kopfkino. Ein

Happy End mit allem, was dazugehört, yepp, trau dich ruhig, hemmungslos zu übertreiben. Du hast die Macht über deine Gedanken, also koste sie in vollen Zügen aus. Dass du am Ende auf einem moppeligen Einhorn in den Sonnenuntergang reitest, ist nämlich mindestens ebenso unwahrscheinlich wie das Drama, das sich bis eben noch vor deinem inneren Auge abgespielt hat.

»Hi, ich bin essgestört«

Mit den Worten »Hey, ich bin Jana, und ich bin essgestört« begrüße ich die Leser meines Blogs. Eine Tatsache, die ich sonst nicht unbedingt im ersten Satz erwähne, wenn mich jemand neu kennenlernt. Ebenso wenig wie, dass ich mal 180 kg gewogen habe – bei gerade mal 1,68 m. Schon irgendwie krass, dass ich mich heute nicht mehr dafür schäme, puh, wenn ich jetzt so drüber nachdenke, bekomme ich schon ein bisschen Gänsehaut. Ich war nie besonders gut darin, stolz auf mich zu sein, aber jetzt gerade bin ich's.

Hättest du mir vor wenigen Jahren gesagt, dass ich mal mit meinem besten Freund in einem Restaurant Pommes in Dips tunke, Fernsehinterviews gebe, mich auf eine Bühne setze und aus meinem Leben erzähle oder überhaupt mit irgendwem darüber spreche, dass Essen ein riesiges Problem für mich war, hätte ich laut gelacht. Obwohl, nein, vermutlich wäre ich eher heimlich mit hochrotem Kopf davongeschlichen und hätte geheult. Ganz ehrlich? Vor ein paar Jahren hätte ich nicht mal gedacht, dass ich heute überhaupt noch lebe.

Ich war Managerin meiner Lieblingsband, verbrachte die meiste Zeit auf Tour oder zu Hause vor dem Computer und arbeitete voller Leidenschaft meine tägliche To-do-Liste ab. Ja, alle Abläufe in meinem Leben glichen einem sich wiederholenden Muster: aufstehen, arbeiten, vergleichen, versagen, schlafen. Mit dem Essen war's nicht anders.

Ich probierte eine Reihe von Diäten aus: Trennkost, morgens Kohlenhydrate und abends nur Eiweiß, Ananas-Diät, Low Carb – Slow Carb – No Carb. Es gab echt keine Diät, die ich nicht versuchte. Je extremer, desto besser.

Irgendwann beschloss ich, wenn jemand in der Nähe war, nur noch Salat zu essen. Ohne Dressing. Sprudelwasser und Salat ohne irgendwas war über Jahre das absolut Einzige, was ich aß. Zumindest, wenn jemand in der Nähe war. Wenn meine Stimmung schon von so vielen äußeren Einflussfaktoren wie dem Marktwert meiner Band, dem Feedback des Plattenlabels zu meinen Ideen und nicht zuletzt der Laune der einzelnen Musiker abhing, dann wollte ich doch zumindest die Kontrolle über meine Kalorien haben. Wenigstens in diesem Bereich wollte ich von niemand anderem abhängig sein.

Doch dann kam das Leben dazwischen. Einladungen, vor denen ich mich nicht drücken konnte, und die Blicke, vor denen ich mich nicht verstecken konnte. Allein der Gedanke, dass ich freitags nicht drum herumkommen würde, etwas zu essen, was nicht auf meinem mir selbst auferlegten Plan stand, brachte mich bereits montags um den Verstand. Und auch wenn ich mir immer wieder sagte, dass kleine Ausrutscher nicht so schlimm waren, diese kleinsten Abweichungen vom Diätplan waren jedes Mal wie ein Startschuss für eine Fressattacke, und ich fieberte voller Unruhe dem Moment entgegen, wenn ich sie endlich ausleben konnte.

Beim Einkaufen vermied ich es, jemandem ins Gesicht zu schauen. Ich hatte Angst. Angst, dass ihre Augen mir zeigten, was sie über mich dachten: »Friss doch noch mehr, damit du noch fetter wirst!« Ich konnte die Gedanken der Leute regelrecht hören – und sie hatten ja recht. Wieder einmal hatte ich mich nicht im Griff, wieder war ich schwach geworden, wieder fehlte mir die nötige Disziplin. Ich hatte versagt. Mal wieder.

Zu Hause schloss ich mich dann in mein Zimmer ein, breitete alles auf dem Bett aus und fing an zu fressen. Zwischen den anderen Sachen immer wieder ein paar Löffel Eis, dann rutschte die Masse besser. Die ersten Male konnte ich dieses Gelage tatsächlich noch genießen. Wie die Schokolade auf meiner Zunge schmolz und sich der himmlische Geschmack in meinem Mund ausbreitete. Das sahnige Eis, kalt und cremig, und dazu die salzigen Pommes, die ich in so viel Soße tauchte, dass sie mir runter auf die Finger tropfte. Aber je öfter das passierte, desto mehr Abscheu entwickelte ich vor dem Essen. Ich ekelte mich vor dem Geschmack, der Konsistenz, und der Geruch war mir so zuwider, dass ich würgen musste. Und am meisten ekelte ich mich vor mir selbst. Es dauerte nie lange, bis mir heiße Tränen über die Wangen liefen, trotzdem konnte ich nicht aufhören zu essen.

Ich wollte nichts mehr spüren, rein gar nichts mehr. Und je mehr sich mein Magen gefüllt hatte, desto weniger Platz war da für Gefühle. Also habe ich weiter geschlungen, ohne zu kauen, einfach nur rein damit – bis ich so voll war, dass schon das Schlucken schwerfiel. Aber die Gefühle haben sich zurückgekämpft und ihren Raum gefordert. Plötzlich war mir so, als würde der abscheuliche Brei aus Unmengen an Essen und Überforderung aufquellen.

So etwas durfte mir nie wieder passieren. Ich durfte nie wieder so sehr die Kontrolle verlieren. Das durfte ich auf gar keinen Fall zulassen. Beim nächsten Mal würde ich durchhalten, bei der nächsten Diät würde ich nicht versagen, und noch während ich mich auszog, um mir das schlechte Gewissen bei einem warmen Bad abzuwaschen, freute ich mich darauf, im Netz nach einer neuen, nach einer besseren Diät zu suchen.

Dann legte ich zwei Badekugeln in das einlaufende Wasser und stellte mir Teelichter auf die Fensterbank. Ich zelebrierte meinen Neustart, mein gefühltes Update, und freute mich auf das warme Wasser, außerdem musste ich mich dann nicht noch länger in dem großen Spiegel sehen. In meinen breiten Oberschenkeln waren tiefe Dellen, die sogar schon eigene Schatten warfen, eine richtige Kraterlandschaft. Mein Bauch war schwabbelig und hing so sehr, dass er auf die Oberschenkel stieß. Ich hob ihn an und ließ ihn fallen. Mit einem Klatschen prallte er auf. Ein widerliches Geräusch.

Mit meinen Armen wackelte ich dann immer so hin und her, dass das Fett schlackerte. Ich genoss es regelrecht, mich weiter zu quälen. Da waren echt überhaupt keine Muskeln. Meine komplette Haut war durch das viele Ab- und Zunehmen grauenvoll ausgeleiert, überall waren Dehnungsstreifen und tiefe Risse, besonders an den Brüsten. Ich schaltete das helle Deckenlicht aus, und das warme Licht der Kerzen erfüllte den Raum. Während ich der Musik lauschte und mich tief in den warmen Schaum kuschelte, versank ich in meinen Träumen, wie glücklich ich sein würde, wenn ich ganz bald endlich mein Idealgewicht hätte.

Damals dachte ich wirklich, dass ich äußerlich perfekt sein musste, um mich gut zu fühlen. Ich war der festen Überzeugung, dass ich mich besser fühlen würde, wenn ich meinen Körper mit Disziplin und Zwang unter Kontrolle brachte. Heute weiß ich, dass sich das Wohlfühlgewicht einstellt, wenn ich mich wohlfühle, wenn ich nicht mehr das Essen dazu missbrauche, meine Gefühle zu unterdrücken. Heute fühlt es sich gut an, ich zu sein, und ich wünsche mir, dass dir dieses Buch zu lesen ebenso guttut, wie es mir guttut, es für dich zu schreiben.

Batomae – Schweigen ändert nichts

Du hast es so oft gesagt, auf jede mögliche Art,
doch nur in deinem Kopf.
Und mit jedem neuen Tag wünschst du dir,
dass dich doch jemand versteht.
Und jeder deiner Blicke sagt mehr als tausend Worte,
bist überall, nur nicht hier.
An diesen unbekannten Orten fühlst du dich geborgen,
weil du dich so gern verlierst.

Schau' mir ins Gesicht, ich seh' dich, wie du bist,
die Schatten in deinen Augen, Schweigen ändert nichts.
Auch durch die dicksten Mauern bricht irgendwann das Licht,
ich werde für dich da sein, wenn du dein Schweigen brichst.
Schweigen ändert nichts.

Vielleicht fällt es dir schwer, dein Gefühl zu erklär'n,
komm, wir teil'n die Fragezeichen.
Und puzzeln zusamm', fangen mit dem ersten Wort an
und füll'n die leeren Seiten.

Ich kann dir deine Angst nicht nehmen,
aber kann sie mit dir teil'n, an deiner Seite stehen.
Und bis wir die Antwort finden, suchen wir zwischen den Zeilen,
kein Grund, uns zu beeil'n.

Schau mir ins Gesicht, ich seh dich, wie du bist,
die Schatten in deinen Augen, Schweigen ändert nichts.
Auch durch die dicksten Mauern bricht irgendwann das Licht,
ich werde für dich da sein, wenn du dein Schweigen brichst.
Schweigen ändert nichts.

Komm, lass dich einfach fall'n, ich bin immer für dich da.
Auch wenn es dir noch schwerfällt, ich will nur, dass du weißt,
du bist nicht allein – du bist nicht allein.

Der Maskenball

Überforderung hat viele Gesichter. Manchmal kommt es mir so vor, als würde sie sich jeden Tag eine neue Maske aus dem Schrank nehmen, um unerkannt zu bleiben. Denn genau das ist die Taktik: Je später ich bemerke, hinter welcher Maske sich meine Überforderung gerade verbirgt, desto länger brauche ich, um zu merken, dass in meinem Leben etwas nicht stimmt ... und je länger ich das nicht checke, desto später kann ich etwas dagegen unternehmen.

Genauso wie wir alle in unterschiedlichen Dingen gut sind und uns völlig andere Dinge stressen, hat unsere Überforderung andere Masken im Schrank. Meine Überforderung verbirgt sich meist hinter Dingen, die mit meinem Körper zu tun haben: Ich liebe es, lange warm zu duschen, um mir bildlich gesprochen all den Dreck von der Seele zu waschen. Außerdem stehe ich viele Male am Tag nur Zentimeter vom Spiegel entfernt, um auch den kleinsten schwarzen Punkt, wo ein Augenbrauenhärchen nachwächst, zu erspähen und es auszurupfen. In den Hochphasen gibt es kaum einen Tag, an dem meine Lider nicht geschwollen sind. Und am liebsten versteckt sich meine Überforderung hinter allem, was mit Essen zu tun hat.

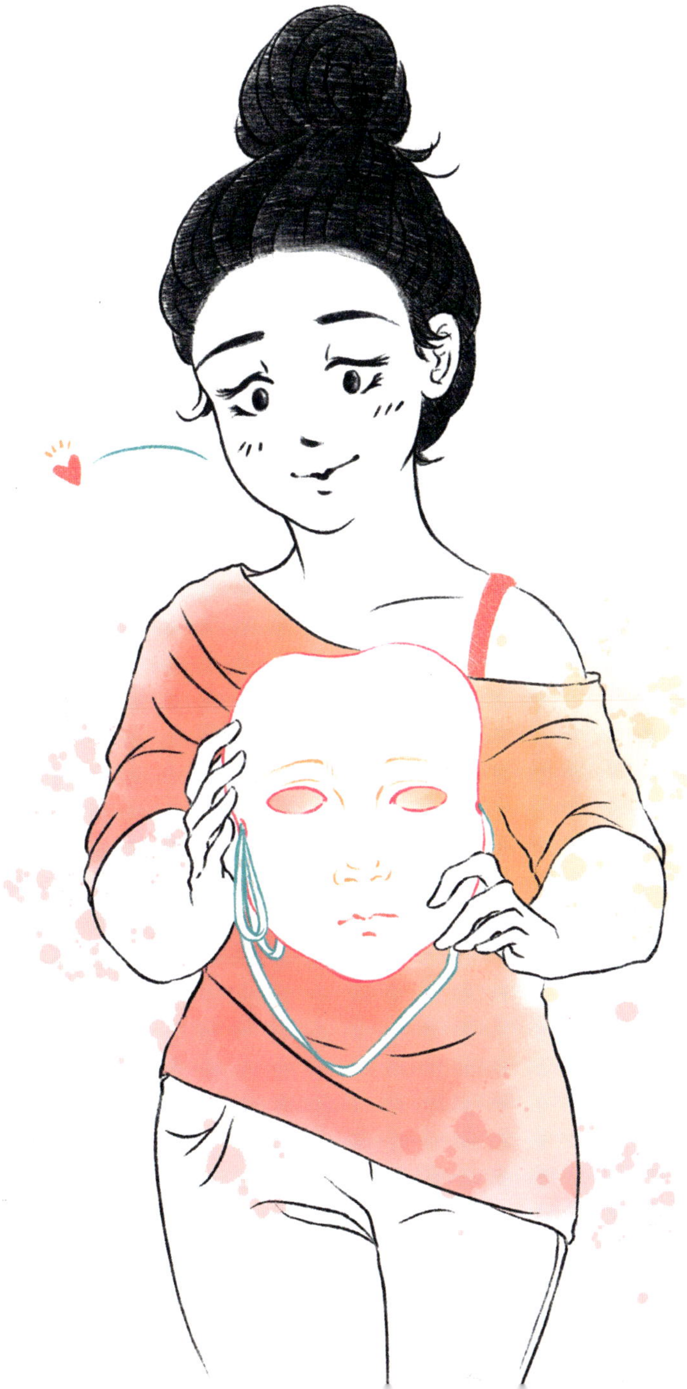

Fühle ich mich vom Leben überfordert, kontrolliere ich mein Essen und zähle grammgenau alle Kalorien, um das Gefühl zu haben, wenigstens irgendetwas selbst in der Hand zu haben. Ich gehe laufen, um alles, was ich vorher gegessen habe, ungeschehen zu machen. Oder ich esse in der Öffentlichkeit nur einen leichten Salat, damit alle um mich herum denken, ich wäre mega-diszipliniert und gesund unterwegs, bevor ich mir heimlich bis zu 10.000 Kalorien in weniger als einer halben Stunde reinstopfe.

Anders ist das bei einer meiner liebsten Freundinnen. Bei ihr versteckt sich die Überforderung hinter den neuesten und teuersten Klamotten. Steht nicht irgendwo groß und fett das teure Label, fühlt sie sich wertlos. Bei einer Klassenkameradin versteckt sie sich hinter dem Zwang, sich alle halbe Stunde die Hände zu desinfizieren, um sich rein und sauber zu fühlen. Eine meiner Lehrerinnen konnte nur dann selbstbewusst vor unserer Klasse sprechen, wenn ihre zehn angespitzten Bleistifte exakt parallel auf ihrem Pult lagen. Ein Mädchen aus dem Chor ritzte sich so tief, bis es blutete und sie endlich Erleichterung verspürte, und eine andere musste sich so krass schminken, bis nichts mehr von ihrer Natürlichkeit zu sehen war. Sie wollte wie eine Puppe aussehen, um sich unangreifbar und unsterblich zu fühlen. Und meine Nachbarin, die etwa in meinem Alter war, brauchte die hundertprozentige Aufmerksamkeit von Jungs, um sich gut zu fühlen. Nicht nur von ihrem Freund, den wechselte sie eh alle paar Wochen, nein, von wirklich jedem Typen, dem sie begegnete. Gelang es ihr mal nicht, jemanden in ihren Bann zu ziehen, fiel sie in ein tiefes Loch.

So unterschiedlich, wie wir alle sind, sind die Masken unserer Überforderung.

Versteh mich bitte nicht falsch, all diese Versuche, irgendwie klarzukommen, sind besser als ein Strick. Das klingt hart, aber eine Psychologin hat es genau so mal sehr treffend auf den Punkt gebracht. Dieser Maskenball der Überforderung hat nur ein Ziel: Er soll uns möglichst lange davon abhalten, herauszufinden, was uns so dermaßen stresst, in Angst versetzt oder traurig macht.

Allen Grund, wirklich Angst zu haben, hat in Wirklichkeit aber nur die Überforderung, denn wenn wir ihr die Maske runterreißen und sie so enttarnen, können wir das Problem, das sich dahinter versteckt hat, angehen (siehe Seite 70, »In die Handlung gehen«), und in einem aktiven und glücklichen Leben ist nur sehr wenig Platz für Überforderung.

Hey, hey… jetzt aber bitte nur kein Mitleid für die arme kleine Überforderung, mit der niemand spielen will. Sie hat doch Freunde: Selbsthass, Scham, Missgunst und Neid gesellen sich jederzeit gerne zu ihr, und sind wir mal ehrlich, alle gemeinsam können uns herzlich gestohlen bleiben, oder?

Übung:

Kannst du dich dran erinnern, ob es dir schon mal gelungen ist, deiner Überforderung die Maske herunterzureißen? Wie hat sich die Überforderung maskiert? Und was versteckte sich wirklich dahinter?

Male deine eigene Maske aus!

Warte nicht auf den richtigen Moment

Der perfekte, ideale Tag ist jetzt. Los, setz dein schönstes Lächeln auf, zieh dein bestes Shirt an und mach dich zurecht, als wäre es der Tag, an dem einfach alles passt. Gib diesem Tag die Chance, ganz und gar wundervoll zu werden, er hat es verdient, denn an jedem Tag kann alles passieren.

Wenn du immer daran glaubst, dass alles Schlechte passieren kann und dass alles schiefgehen kann, warum nicht auch daran, dass alles gut wird und dir an jedem Tag das Allerbeste passieren kann?

Übung:

Was wäre das Wundervollste, was dieser neue Tag für dich bereithalten könnte?

Influencer & Werbung

Als ich bei einem Auftritt mit Batomae und unserer gemeinsamen Konzertlesung von der Moderatorin des Abends zum ersten Mal als Influencer bezeichnet wurde, war ich kurz etwas empört. Influenza kannte ich schließlich nur vom ärztlichen Attest, das mich mit Grippe vom Unterricht befreite.

Du hast es sicher schon bemerkt, geschrieben werden die Worte natürlich unterschiedlich, aber gesprochen klingen sie zum Verwechseln ähnlich. Und auch wenn die Bedeutung grundsätzlich eine komplett andere ist, haben beide doch etwas gemeinsam: Sie infizieren. Die Influenza-Grippe mit Viren und die Influencer die sozialen Netzwerke mit ihrem Style oder ihrer Meinung.

So, wie wir uns mit gründlichem Händewaschen vor der Grippe schützen, sollten wir uns ebenso vor Influencern schützen. Na ja, natürlich nicht vor allen, aber einige Meinungsmacher sollten wir schon genauer unter die Lupe nehmen, bevor wir sie abonnieren und so in unser Leben lassen.

Wir sollten immer wieder ganz genau schauen, ob das, was er oder sie da den lieben langen Tag postet, uns guttut oder eher für Unzufriedenheit und ein grummeliges Bauchgefühl sorgt. Ich bin eine Zeit lang mal einem Mädel bei Instagram gefolgt, die unglaublich schöne Haare, eine reine Haut und megatolle Wimpern hatte. Was am Anfang mit Tipps wie Quarkmaske und 100 Bürstenstriche am Tag begann, wandelte sich still und heimlich zu einer reinen Verkaufsshow für besonders haarschonende Bürsten, sündhaft teure Cremes und mit der Empfehlung von Wellness-Resorts. Als ich diese Produkte dann mal gegoogelt habe, sprangen mir unzählige Beschwerdekommentare und miese Rezensionen entgegen. Sie wollte ihren Followern wirklich den letzten Dreck andrehen.

Außerdem wurde ich bei den teuren Preisen ziemlich stutzig. Wie, zum Teufel, konnte sich so ein junges Mädchen all diese teuren Dinge und Urlaube leisten? Na, ganz einfach: Sie bekam für jeden ihrer Posts Geld, und das nicht zu knapp. Marken-Influencer sind im Grunde nichts anderes als Werbeträger, was auch überhaupt nicht schlimm ist, wenn sie ganz deutlich machen, dass ihre Posts eben genau das sind: Werbung. Dann finde ich es völlig okay, aber sie sollen die Sachen, für die sie da Werbung machen, bitte auch wirklich feiern und sich nicht die Creme abwaschen, sobald die Story gedreht ist.

Andere Influencer sind mit ihren Accounts nur auf der Jagd nach neuen Opfern für ihre Challenge-Gruppen (siehe Seite 148, »Challenges«), und manche sind einfach da, weil sie ein besonderes Talent, eine starke Meinung zu interessanten Themen oder einfach nur Spaß am Austausch mit anderen Menschen haben. Wichtig ist, dass wir immer genau hinschauen, ob sich die Posts derer, denen wir folgen, noch gut anfühlen oder eben nicht. Wir entscheiden, wen wir in unser Leben lassen, um mehr über ihn oder sie zu erfahren, und wen wir blocken, weil kein Platz für Idioten in unserem Feed ist.

Die sozialen Netzwerke können unglaublich bereichernd und inspirierend sein, solange wir aufpassen, dass wir die Kontrolle über unseren Feed behalten und nicht die Inhalte des Feeds unsere Laune kontrollieren. Mit einem Klick auf »Nicht mehr folgen« können wir aufräumen, und das tut verdammt gut.

Übung:

Was sind die fünf für dich inspirierendsten Accounts, denen du folgst, und warum tun sie dir gut?

1. ....

....

....

....

....

....

2. ....

....

....

....

....

....

3. ....

....

....

....

....

....

4. ....

....

....

....

....

....

5. ....

....

....

....

....

....

Deine Liste kannst du gerne abfotografieren, posten und die Accounts darin verlinken, um auch andere auf sie aufmerksam zu machen.
Nutze #unvergleichlichdu

Heldin der Prokrastination:

Ich bin ohne jeden Zweifel die unangefochtene Heldin der Prokrastination. Seit ich denken kann, schiebe ich Dinge so endlos lange vor mir her, bis ich ganz extrem unter Zeitdruck gerate und es eigentlich schon fast aussichtslos ist, sie in der verbleibenden Zeit zu erledigen.

Früher war es die Hausarbeit für die Schule, wo ich es dann urplötzlich doch viel wichtiger fand, erst noch mein ganzes Zimmer aufzuräumen. Yepp, inklusive Kleiderschrank und Schubladen.

Heute sind es meine YouTube-Videos, Blogbeiträge, Podcast-Folgen oder neuen Bücher. Mit etwas Neuem anzufangen, fiel mir immer unglaublich schwer, weil ich mir schon vorher sicher war, doch eh zu versagen. Was ich gar nicht erst angefangen hatte, konnte ich auch nicht schlecht zu Ende bringen. Und wenn ich dann so lange gewartet habe, bis ich es nur noch auf den letzten Drücker erledigen konnte, war mir die mangelnde Zeit die liebste Entschuldigung.

Ich habe mir also quasi selbst eine Erklärung geschaffen, warum es okay war, dass es leider nicht perfekt war. Es lag ja nicht an mir und meinen mangelnden Fähigkeiten, es lag schlichtweg an zu wenig Zeit. So habe ich mir leider ganz oft selbst die Chance genommen, etwas wirklich Gutes zu erschaffen.

Heute gehe ich neue Aufgaben anders an, so auch dieses Buch. Ich teile mir die neue Aufgabe in überschaubare Teilbereiche ein und schreibe mir dazu eine To-do-Liste mit den einzelnen Schritten der Vorbereitung und der Durchführung (vgl. »To-do-Liste«, Seite 60).

1. Die Vorbereitung:

Da in meinem Kopf meist eh nur Chaos herrscht, brauche ich zumindest um mich herum Ordnung. So ist das Aufräumen meines Arbeitsplatzes und das Putzen meines Laptops als Punkt 1 meiner To-do-Liste quasi schon Teil der Erledigung der Aufgabe, und wenn ich erst mal drin bin, läuft es dann meist eh ganz gut. Außerdem finde ich es total schön, mir einen leckeren Tee zu kochen und eine Kerze anzuzünden, um mich einzustimmen.

2. Die Durchführung:

Ich teile mir die Arbeit in überschaubare Teilbereiche ein und lege für jeden Tag ein bestimmtes Ziel fest. Ist das Ziel für den Tag erreicht, belohne ich mich. Das kann eine Folge Netflix, ein leckeres Abendbrot oder ein Abendspaziergang sein. Ich brauche etwas, auf das ich mich freuen kann und das mir sagt: »Du bist für heute fertig. Du hast es geschafft!« Bis ich aber an diesem »Du bist für heute fertig«-Moment ankomme, gibt es nichts, was mich ablenkt. Okay, wenn vor meinem Fenster ein kleines Eichhörnchen vorbeihuscht, sind mir Tee, Kerze und Laptop völlig egal. Aber, hey, was will man machen? Eichhörnchen sind doch einfach auch zu niedlich, oder?

To-do

Poste diese Seite: #unvergleichlichdu

Meine »Ich würde jetzt viel lieber«-Liste:

Vielleicht kennst du das auch: Du sitzt vor einer Aufgabe, auf die du gar keinen Bock hast, und bist schrecklich genervt davon, dass du sie erledigen sollst. Selbst die Prokrastination in Perfektion (Seite 57) hast du bis ins Letzte ausgereizt, und es gibt absolut nichts mehr, was du jetzt noch tun könntest, um die Aufgabe etwas weiter vor dir herzuschieben. Zumindest nichts in greifbarer Nähe. Und genau dann kommen sie, die Gedanken an all die wundervollen Dinge, die du jetzt viel lieber tun würdest.

Plötzlich siehst du dich in Gedanken am See spazieren gehen. Gleich darauf beim Shoppen eines neuen Shirts oder beim Kochen mit deiner besten Freundin. Wie ein Ohrwurm wollen diese Gedanken dann einfach nicht mehr aus deinem Kopf verschwinden und halten dich von deiner Aufgabe ab. Weißt du, was mir dann hilft? Ich nehme mir meine »Ich würde jetzt viel lieber«-Liste (Folgeseite) und trage die Dinge aus meinen Gedanken aus und in meine Liste ein.

Das funktioniert übrigens auch wunderbar mit Dingen, auf die ich plötzlich unglaublichen Appetit habe. Ich schreibe sie mir aus dem Kopf, und wenn ich das nächste Mal etwas ganz Besonderes schnuckern möchte, schaue ich auf meine Liste. Auf das meiste habe ich dann zwar schon keinen Appetit mehr, aber das ist gar nicht schlimm, denn ich entscheide mich ja eh nur für das Leckerste.

»Ich würde jetzt viel lieber«-Liste

Liste »Ich habe Appetit auf«

»Der Soundtrack meines Lebens«:

1. Der Song muss in jede Playlist:

2. Dieser Song fühlt sich nach Sommer an:

3. Bei dem Song MUSS ich mitsingen:

4. Bester Song, um eine Nacht durchzuheulen:

5. Ultimative Motivations-Hymne, um doch wieder unter der Bettdecke hervorzukriechen, ist:

Hier kannst du eigene Vorschläge für Playlists sammeln:

6.

7.

8.

9.

Den Soundtrack meines Lebens findest du natürlich auch bei Spotify.

Teile deinen Soundtrack:
#unvergleichlichdu

Kauf dir Klamotten, die passen

Ich verrate dir jetzt das wohl wichtigste Styling-Geheimnis, das ich in den letzten Jahren – nach so einigen Fehlgriffen – am eigenen Körper erfahren habe: Jede Figur kann wunderbar in Szene gesetzt werden, wenn wir die richtige Kleidergröße tragen. Es ist völliger Quatsch, Hosen zu kaufen, bei denen wir krampfhaft den Bauch einziehen müssen, bis uns schwindelig wird. Ebenso ist es auch ziemlich daneben, die Klamotten zu groß zu kaufen, in der Hoffnung, so irgendwas kaschieren zu können. Natürlich gibt es Tricks, um die Bereiche unseres Körpers zu betonen, die wir mögen, und um die, die uns nicht so gefallen, etwas in den Hintergrund treten zu lassen. Dazu gehört aber nicht, uns in einem Kartoffelsack zu verstecken.

Was ich an dieser Stelle aber unbedingt noch erwähnen möchte: Kleidergrößen fallen komplett unterschiedlich aus. Nur weil mir die eine Bluse in 42 passt, heißt das nicht, dass ich die andere Bluse nicht in 44 oder 38 brauche. Manchmal glaube ich echt, dass die Modelabels bei der Vergabe der Größenetiketten würfeln. Probiere die Klamotten also auf jeden Fall an und freu dich über schön sitzende und figurschmeichelnde Teile, völlig egal, welche Größe drinsteht.

Styling-Tipp:

Schwarz macht nicht gleich schlank. Zumindest nicht, wenn man eine schwarze Weste über ein dunkles Shirt zieht. Das sieht dann nämlich eher nach »quadratisch, praktisch, gut« aus, weil sich kein Kontrast abzeichnet. Eine dunkle Weste über einem fröhlich bunten Oberteil sieht da schon ganz anders aus. Nicht nur freundlicher, sondern zudem mogelt dieser farbliche Akzent einen schmalen Teil an dem Körper, wo eigentlich gar keiner ist. Schau mal auf meinem YouTube-Kanal vorbei, da zeige ich dir, was ich meine.

In die Handlung gehen

Dinge passieren, das ist einfach so. Schicksalsschläge kommen im Rudel, und die Hilflosigkeit, sich der neuen Situation überhaupt nicht gewachsen zu fühlen, fühlt sich wie eine Ohnmacht an. Plötzlich ist es so, als wäre man alldem schutzlos ausgeliefert, unfähig, einzugreifen, geschweige denn, sich die Kontrolle über das Leben zurückzuholen. Geradeso, als wäre man plötzlich nur noch der Zuschauer im eigenen Leben, das sich rasend schnell von einer Komödie zu einem Drama entwickelt.

Ich habe mal in einer Shoppingmall beobachtet, wie ein kleiner Junge herzergreifend geweint hat, weil er bei dem hektischen Trubel seine Mama aus den Augen verloren hat. Sofort kam eine junge Frau, nahm den Kleinen auf den Arm und sagte ihm mit einem Lächeln: »Wir finden deine Mama«, dann drückte sie ihm eine Packung Tempos mit den Worten »Hier, halt das jetzt ganz fest. Kräftig drücken« in die Hand. Nach nicht mal zwei Minuten war die Mama gefunden, und ich kam mit der Frau, die dem Jungen die Tempos gegeben hatte, ins Gespräch.

Ich fragte sie, warum sie ihm die Packung gegeben hatte, und sie antwortete: »Damit er eine Aufgabe hat. Es gibt nichts Schlimmeres, als nichts tun zu können. So konnte er die Taschentücher festhalten.«

Was jetzt so einfach klingt, ist ja eigentlich auch superlogisch: Es tut uns gut, wenn wir das Gefühl haben, etwas tun zu können, ja wenn wir eine Aufgabe haben, die wir erfüllen können. Egal, vor welche Schwierigkeiten uns das Leben stellt, wir haben immer die Möglichkeit, in die Handlung zu gehen. Egal, wie klein der Bereich zu sein scheint, den du aktiv mitgestalten kannst, tu es. Geh in die Handlung und sei aktiv, statt passiv zuzuschauen, was um dich herum passiert.

Hier einige Ideen:

- Wenn du nicht weiterweißt, mach dir als erste aktive Handlung eine Liste, wer dir helfen könnte.
- Wenn du etwas gehört hast, was dir Angst macht, stell aktiv Fragen, um Antworten zu bekommen, die dich beruhigen.
- Wenn du vor einer großen Herausforderung stehst, die unüberwindbar scheint, unterteile sie als erste aktive Handlung in kleinere Teilaufgaben.

Musik – Mein Gefühle-Booster

Für mich ist Musik Balsam für meine Seele. Es gibt nichts, wo ich mich so herrlich reinfallen lassen kann, wie in die Musik. Okay, in ein warmes Schaumbad geht auch, aber auch das am liebsten, wenn Musik an ist und ich beim Baden das Song-Orakel (siehe Seite 142, »Zukunftsmusik«) befragen kann.

Musik ist wie ein Booster für meine Gefühle, und ich ganz allein bestimme mit meiner Playlist, in welche Richtung sich meine Stimmung steigert.

Geht es mir gut und ich spiele meine Spotify-Playlist »Honigkuchenpferd«, kann es gut passieren, dass ich durch die Wohnung tanze. Bin ich aber traurig und wollen die erleichternden Tränen nicht so richtig kullern, brauche ich mir nur meine Playlist »An deiner Seite« anzumachen, und ich kann heulen wie ein Schlosshund.

Geht es mir aber richtig schlecht und ich öffne meine »Honigkuchenpferd«-Playlist, verschwindet die Traurigkeit, und ich fange schon nach wenigen Songs an, mit dem Fuß zu wippen, und kann mich nicht gegen ein Lächeln auf den Lippen wehren.

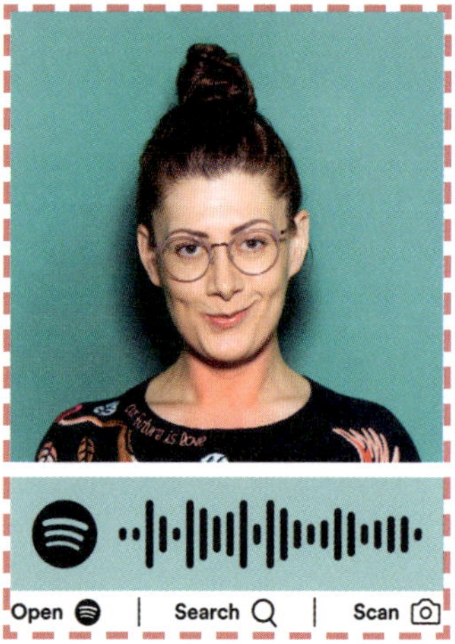

Mit der Auswahl meiner Playlist beeinflusse ich ganz aktiv meine eigene Stimmung, und da besonders laute Musik nachweislich Glückshormone freisetzt, gehe ich liebend gerne auf Konzerte, stehe in der ersten Reihe und lasse meine Seele vom tiefen Bass massieren.

Warst du schon mal auf einem Konzert?

Welche Band hast du dir angesehen?

Wer hat dich zu diesem Konzert begleitet?

Welches Lied hat dir besonders gut gefallen?

Hast du dir danach ein Autogramm geholt?

Oder sogar ein Selfie mit der Band/dem Künstler gemacht?

Open | Search | Scan

Bei wem möchtest du mit mir in der ersten Reihe stehen? Male das Logo deiner Lieblingsband, fotografiere dein Kunstwerk und poste es. Vergiss nicht, mich und natürlich deine Lieblingsband zu markieren. Wenn du Lust hast, kleb doch auch ein Passfoto von dir ein, vielleicht erkennen sie dich dann beim nächsten Auftritt ja sogar wieder.
#unvergleichlichdu

Ich

Der Monsterpickel

Ich kenne das von mir: Wenn mitten auf der Stirn ein besonders großer Pickel thront, können meine Haare noch so gut liegen, in meinen Augen sehe ich dann für die Welt absolut unzumutbar aus. Ich sehe nichts anderes mehr, nur diesen riesigen Pickel, der alles andere in den Schatten stellt. Und, ja, wenn ich es nicht besser wüsste, könnte ich schwören, dass er mit jedem Blick größer wird. Okay, das mag vielleicht auch daran liegen, dass ich in den Minuten, die ich nicht vor dem Spiegel stehe, um ihn mit vernichtenden Blicken zu verfluchen, in sekündlichen Abständen mit dem Finger drüberstreiche, um zu prüfen, ob er noch da ist. Yepp, unnötig zu erwähnen, dass ich meine Finger natürlich nicht steril gewaschen habe. Wenn schon dumm, dann richtig.

Okay, zurück zum Monsterpickel, der inzwischen so groß ist, dass er eigentlich einen Namen verdient hätte. Ich sehe nichts anderes mehr und verlasse mit einer Laune, die schlechter kaum sein könnte, die Wohnung, ziehe eine Fresse wie sieben Tage Regenwetter und sehne den Moment herbei, in dem ich wieder nach Hause kann.

Treffe ich dann Freundinnen, prüfe ich ganz genau, wie ihr Blick über mein Gesicht wandert. Schauen sie mir wirklich in die Augen, oder haben sie nur Augen für das Monstrum auf meiner Stirn? »Wie schlimm ist es?«, frage ich dann meist schon nach wenigen Minuten, nur um »Wie schlimm ist was?« als Antwort zu bekommen. Dann deute ich meist mit großen Gesten auf den Riesenpickel und neige den Kopf, um ihn auch ja gut in Szene zu setzen.

»Du spinnst!« ist die Antwort, die dann so überzeugend kommt, dass ich selbst stutzig werde. Bei der nächsten Gelegenheit schaue ich zwar wieder in den Spiegel, trete aber etwas zurück. Etwa so weit, wie auch meine Freundinnen von mir entfernt standen. Und tatsächlich, wenn ich nicht so nah vor dem Spiegel klebe, dass er fast von meinem Atem beschlägt, ist es halb so wild.

Memo an mich selbst:

Der letzte Blick in den Spiegel sollte immer aus einem realistischen Abstand erfolgen. Yepp, an manchen Tagen bringt das nix, aber die überstehe ich dann auch irgendwie, und wenn ich mich zwinge, nicht immer so blöd zu knibbeln, sind die auch ganz schnell wieder vorbei.

Komplimente machen

Ich liebe den Moment, wenn mich wildfremde Menschen plötzlich anstrahlen, weil ich sie mit einem Kompliment aus ihren Gedanken reißen konnte. Früher habe ich es mir viel zu oft verkniffen, etwas zu sagen, weil ich immer Angst hatte, rot zu werden, zu stottern oder blöd angemacht zu werden. Egal, wie toll ich ihre Ausstrahlung fand, wie umwerfend ihre zuvorkommende Art oder wie bezaubernd ihr Lächeln, ich habe den Moment verpasst, es der Person zu sagen, und uns beiden damit die Chance auf einen tollen Moment genommen.

Heute fällt es mir superleicht, weil ich es immer wieder geübt habe.

Zum Beispiel beim Busfahren: Wenn du in Berlin in den Bus oder in die Tram steigst, ist das Bild ziemlich oft dasselbe – mürrisch dreinschauende Menschen, die aufs Handy starren, mit dem Kopf an die Scheibe gelehnt versuchen, ein Nickerchen zu machen, oder trübsinnig aus dem Fenster schauen. Im Winter ist das ganz besonders schlimm.

Doch dann gibt es immer wieder den Moment, wenn eine Person reinkommt und ihre Ausstrahlung alles erfüllt. Viele Menschen merken das leider gar nicht, weil sie die Welt um sich ausblenden, aber ich kann mich dann oft nicht sattsehen. Meist merken diese besonderen Personen gar nicht, was für eine liebevolle Aura sie umgibt. Heute lasse ich es mir dann nicht mehr nehmen, es der Person zu sagen. Einfach ein kurzes:

»Ihre Ausstrahlung ist umwerfend« oder »Sie sehen unglaublich hübsch aus« oder auch nur ein »Dieser Pullover steht Ihnen sehr gut«. Ich mag es, die Menschen mit diesem

Gedanken zurückzulassen, und sage es meist in dem Moment, wenn ich an ihnen vorbeigehe, um an der nächsten Haltestelle auszusteigen. Es geht mir dabei gar nicht um ein Gespräch, ich möchte einfach nur, dass er oder sie weiß, wie toll sie auf andere wirkt.

Ich würde mich total freuen, wenn wir alle viel öfter Komplimente machen, und wer weiß, vielleicht kommt so ein liebes Kompliment ja irgendwann genau dann zu uns zurück, wenn wir es am wenigsten erwarten. Ich bin mir sicher, dass es ein ganz unvergleichlicher Moment sein wird, und freu mich jetzt schon drauf.

#DU!

Kannst du dich an die letzten drei Komplimente erinnern, die du jemandem gemacht hast?

Wann war das?

Wem hast du ein Kompliment gemacht?

Was hat er/sie darauf geantwortet?

Wenn es dir noch schwerfällt, Komplimente zu machen, kannst du es üben, indem du jemandem ein Kompliment von mir ausrichtest. Würdest du das tun? Würdest du in die Buchhandlung gehen, wo du mein Buch gekauft hast, und der Verkäuferin oder dem Verkäufer sagen, dass ich mich total freue, dass sie mein Buch im Laden haben?

Wenn er oder sie ganz besonders nett ist, kannst du sogar noch einen Schritt weiter gehen. Bitte ihn oder sie doch mal, ein Häkchen zu setzen, warum er oder sie das Buch so gerne verkauft. Natürlich sind auch Mehrfachantworten möglich:

A) Weil mir der Buchumschlag gut gefällt. ☐

b) Weil wir Jana und Batomae für eine Lesung zu Gast haben werden/schon hatten. ☐

c) Weil ich es selbst gelesen habe und es mir gutgetan hat. ☐

Und was gefällt dir an der Buchhandlung ganz besonders gut?

a) Dass ich immer etwas Neues entdecken kann. ☐

b) Dass die Verkäuferinnen und Verkäufer immer so nett beraten und tolle Tipps haben. ☐

c) Dass es hier immer so gut nach neuen Büchern duftet. ☐

Ganz wichtig:

Mach das bitte erst, wenn deinem Buch schon ganz deutlich anzusehen ist, dass du es eine Weile zu Hause hast, darin gelesen und Seiten ausgefüllt hast. Sonst kann der Buchhändler nicht auf den ersten Blick sehen, dass es dir gehört, und schickt dich womöglich mit dem Buch zur Kasse, um es zu bezahlen.

Wer andere kleinmacht …

Diese Mädels kennen wir wohl leider alle: hier ein mieser Spruch über die Klamotten, da ein abwertender Blick zu einem Kommentar, eine gehässige Lästerei hinter dem Rücken und dazu ein Auftreten, das an Arroganz kaum zu überbieten ist.

Je mehr jemand darum kämpft, gesehen und gehört zu werden, desto größer ist seine Angst, übersehen und überhört zu werden. Ziemlich oft sind Arroganz, Mobbing und Aggressivität auch nur eine Maske, um zu verstecken, wie unsicher, hilflos und einsam jemand ist (siehe »Maskenball«, Seite 42). Je mieser sich jemand verhält, desto trauriger sieht es meist in der Person selbst aus. Wer andere verletzt, zeigt auf diese Weise oft nur seinen eigenen Schmerz.

Mädchen, die selbstsicher sind, haben es nicht nötig, andere zu mobben. Selbstsichere Mädchen fühlen sich nicht erst dann stark, wenn sie jemand anderen durch ihr mieses Verhalten schwächen. Mädchen, die etwas von sich halten und eine innere Stärke haben, haben es nicht nötig, andere kleinzumachen, um sich selbst größer zu fühlen. Mädchen, die wirklich was zu sagen haben, müssen weder prügeln noch laut werden, um sich Gehör zu verschaffen.

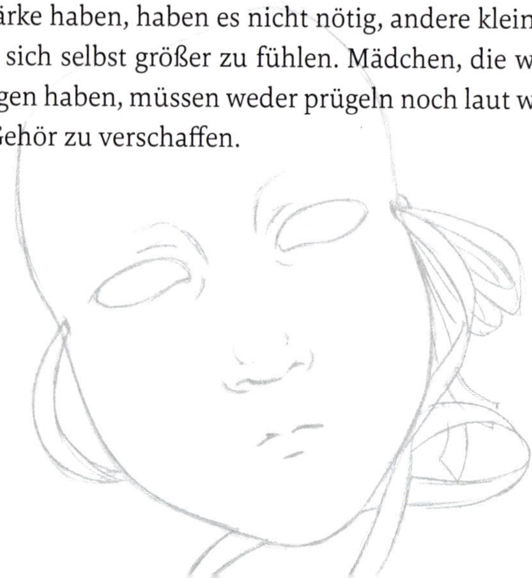

Übung:

Hast du schon mal erlebt, wie jemand gemobbt wurde? Wie hat sich das für dich angefühlt? Hast du dich getraut, dazwischenzugehen und den Mund aufzumachen? Hast du dich schon mal für jemanden starkgemacht? Was war passiert? Teile deine Erfahrungen gerne mit uns bei Instagram, um anderen Mut zu machen und Tipps zu geben.
unvergleichlichdu

Das alles bist du

Du bist:

zuverlässig charmant

mitfühlend natürlich lustig

sympathisch intelligent stolz

spannend großzügig willensstark

neugierig

ehrgeizig kreativ liebenswert

fair einzigartig ehrlich

… und auf deine ganz besondere Art und Weise einfach nur unvergleichlich.

Manchmal vergessen wir, dass all diese wundervollen Charakterzüge bereits seit unserer Geburt in uns stecken, aber wenn wir uns genau das zwischendurch immer mal wieder bewusst machen, fällt es uns leichter, sie wieder hervorzukitzeln und zu feiern, dass wir so sind, wie wir sind.

Übung:

Gibt es noch weitere Eigenschaften, die du ganz besonders gerne an dir magst? Schreibe sie hier auf. Wenn dir selber keine einfällt, mach einfach ein Foto von der Seite und bitte deine Freunde um Hilfe. Sicher fallen ihnen ganz viele liebe Worte über dich ein.

Übung:

Welche drei Eigenschaften magst du ganz besonders an dir? Kannst du jeweils von einer Situation erzählen, als sie zum Vorschein gekommen sind?

Dein geheimer Glücksvorrat

Wenn wir aufhören, auf den richtigen Moment zu warten (siehe Seite 49), fangen wir an, das Glück zu finden. In kleinen Gesten, in atemberaubenden Momenten, in einem Song, und manchmal liegt es auch einfach auf der Straße. Okay, würde es wirklich auf der Straße liegen, wäre das wegen der Autos ziemlich gefährlich, aber du weißt, was ich meine.

Aber was ist mit diesen Tagen, die einfach mal komplett schieflaufen? Diese Tage, an denen wir so sehr damit beschäftigt sind, irgendwie klarzukommen, statt uns heulend in die nächste Ecke zu legen, dass wir gar keine Augen für die kleinen Zeichen des Glücks haben?

Mir tut es dann unvergleichlich gut, mich auf meinen geheimen Glücksvorrat verlassen zu können. Das Gute an Glück ist ja, dass es haltbar ist und nicht schlecht wird. Okay, wenn für dich eine Käseknifte mit Tomate-Mozzarella pures Glück bedeutet, ziehe ich die Aussage zurück, aber Ausnahmen bestätigen ja bekanntlich die Regel.

Ich habe letztes Jahr angefangen, meinen geheimen Glücksvorrat anzulegen, und alles, was ich dafür brauchte, war ein großes Glas mit Deckel. Schau doch mal bei euch im Keller, ob irgendwo ein Einmachglas rumsteht, die eignen sich ganz hervorragend dafür.

Dieses Glas kannst du nun nach Herzenslust und ganz nach deinen Vorstellungen verzieren, mit Glasmalstiften bemalen, mit Muscheln und Steinen bekleben oder mit bunten Bändern umwickeln.

Ab jetzt findet alles, was dir einen glücklichen Gedanken schenkt, seinen Platz in diesem Glas. Natürlich ist es schwer, den letzten Urlaub am Meer ins Glas zu stecken, aber vielleicht hast du eine besonders schöne Muschel gesammelt? Auch für deine Lieblingsband könnte es darin etwas eng werden, aber vielleicht gibt es einen kleinen Button oder ein Konzertticket?

Und auch wenn dir in Zukunft mal ein blöder Tag in die Quere kommen sollte – was ich natürlich nicht hoffe, was aber leider passieren kann –, hast du nun deinen ganz persönlichen Glücksvorrat, an dem du dich nach Herzenslust bedienen darfst.

Ach ja, wenn du mal ein ganz besonderes Geschenk für jemanden suchst, der dir sehr nahesteht, ist das eine tolle Überraschung. Fülle das Glas nun einfach mit kleinen Andenken, die euch beide verbinden. – Glück verdoppelt sich wirklich, wenn man es mit lieben Menschen teilt.

Aufgabe:

Zeig uns doch mal, wie dein geheimer Glücksvorrat aussieht. Poste dazu einfach ein Foto und setze dazu den Hashtag #unvergleichlichdu, damit wir uns von dir und deinen tollen Ideen inspirieren lassen können.

Ziele verändern sich

Ich überlege gerade, wie ich einen möglichst leichten und sanften Einstieg in dieses Kapitel finden kann, aber ganz ehrlich: Wenn sich ein Ziel plötzlich nicht mehr richtig und erstrebenswert anfühlt, passiert das nicht sanft, und es fühlt sich auch nicht locker-leicht an. Wenn sich ein Ziel verändert und uns das zum ersten Mal bewusst wird, fühlt sich das wie ein Weltuntergang an. Na gut, zumindest wie ein kleiner.

Früher habe ich dann ziemlich oft weiter an meinem Ziel festgehalten, ohne auch nur einen Millimeter davon abzurücken. Ich wollte mir weder eingestehen, dass ich ganz viel Zeit und Energie in die falsche Sache gesteckt habe, noch wollte ich vor anderen zugeben, dass ich kurz vor dem Ziel aufgab. Denn genau so hat es sich dann angefühlt: nach Aufgeben und Zeitverschwendung. Kein schönes Gefühl.

Okay, Schule hat sich für mich auch ziemlich oft nach Zeitverschwendung angefühlt, und hier hätte ich ehrlich gesagt manchmal richtig gerne aufgegeben, aber mir war immer das Ziel wichtig: einen guten Abschluss zu bekommen, um mir alle beruflichen Chancen offenzuhalten. Da ich ganz lange nicht wusste, was ich werden wollte, wollte ich mir da einfach nichts verbauen.

Klar, in den Klausurphasen habe ich immer mal wieder drüber nachgedacht, ob das Ziel den ganzen Stress wert war. Doch bin ich immer zu dem Schluss gekommen, dass es so ist. Es war jedes Halbjahr aufs Neue immer wieder eine Scheißphase, und ich finde es bescheuert, dass wir teilweise zwei Klausuren an einem Tag schreiben mussten, aber ich wollte meinen Abschluss.

Wenn du also über das Ziel nachdenkst und es dich motiviert, diese anstrengenden Zeiten durchzuhalten, ist dein Ziel es wert, und dann gib weiter alles dafür, dass du es erreichst. Wenn du aber drüber nachdenkst, wie sich der Moment anfühlt, wenn du an deinem Ziel ankommst, ja wenn du all die Strapazen hinter dir gelassen hast und nun endlich der Moment da ist, dass du es geschafft hast ... wenn sich das nicht nach Erfüllung und Glück anfühlt, denk drüber nach, ob es noch dein Ziel ist.

Oft sind es ja nur Kleinigkeiten, die wir verändern müssen, damit es sich wieder richtig anfühlt. Ein bisschen wie bei einer Reise, wenn du schon einen langen Weg durch die steilen Dünen gegangen bist und am Ende die Möglichkeit hast, links zu der trubeligen Bar am Strand oder rechts zu der einsamen Bucht am Meer abzubiegen.

Hier kannst du deine Ziele eintragen

Teile deine Ziele:
#unvergleichlichdu

#Du!

Nimm dir also immer mal wieder einen Moment, und stell dir vor, wie es sich anfühlt, wenn du an deinem Ziel angekommen bist. Entweder schenkt dir dieser Gedanke neue Energie, oder du überlegst, was du an deinem Ziel verändern kannst, damit es sich wieder gut anfühlt.

Es ist deine Entscheidung, und wenn sich das Ziel für dich nach Glück und Erfüllung anfühlt, ist es unwichtig, ob die anderen sich wundern, dass sich dein Ziel verändert hat. Am Ende kommt es darauf an, dass du sagen kannst, dass sich der ganze Stress gelohnt hat. Es ist deine Zeit und Energie, die du investierst, also ist es deine Entscheidung, ob du lieber am Meer oder in der Strandbar sitzen möchtest.

Übung:

Was ist aktuell dein nächstes großes Ziel, und wie wird es sich anfühlen, wenn du es erreicht hast?

Deine Wahrheit

Was auch immer du fühlst, ist richtig. Es ist richtig, denn es ist deine Wahrheit. Du hörst, siehst und fühlst all das, was um dich herum passiert, wie niemand sonst. So unvergleichlich, wie du bist, sind auch deine Empfindungen, Gedanken und dein Blick auf die Welt.

Aufgaben, die dir spielend leicht vorkommen, können für andere eine absolut unüberwindbare Hürde darstellen. Ebenso können dir Dinge schwerfallen, für die andere nur ein müdes Lächeln übrighaben und die sie mit links bewältigen.

Das ist nicht zu ändern und auch überhaupt nicht schlimm, denn wir alle haben unterschiedliche Talente (siehe Seite 164, »Sei du selbst, alle anderen gibt es schon«), Erfahrungen und Eigenschaften (siehe Seite 91, »Das alles bist du«). All das spielt natürlich in unsere eigene Wahrheit mit rein und prägt, wie wir die Welt sehen.

Fühl dich also bitte niemals schlecht, weil du Dinge anders wahrgenommen hast, dich Situationen auf andere Art bewegt, berührt, begeistert oder vielleicht auch mal verängstigt haben als andere. Sicherlich erinnerst du dich auch an ganz andere Momente, als es zum Beispiel deine Freunde tun, wenn ich dich nach deiner letzten Party frage. Einfach weil dir ganz andere Dinge wichtig sind.

Und genau das ist absolut okay. Nein, um genau zu sein, ist es sogar viel mehr als okay: Es ist wundervoll, dass es so ist, denn wenn wir alle nur dasselbe denken und fühlen würden, wäre diese Welt doch sehr viel langweiliger.

Übung:

Kannst du dich noch an deine letzte Party erinnern? Schreib doch mal in drei Stichpunkten auf, was dir einfällt, wenn du daran zurückdenkst.

1. ....

....

2. ....

....

3. ....

Und nun bitte doch mal jemanden, der mit dir dort war, dieselbe Party in nur drei Stichworten zusammenzufassen.

1. ....

....

2. ....

....

3. ....

Wenn ihr nun jemand anderem von diesem Abend erzählt, könnten eure Geschichten, die sich aus diesen Stichpunkten zusammensetzen, so unterschiedlich sein, dass man glauben könnte, ihr wärt auf zwei völlig verschiedenen Partys gewesen. Wenn ihr aber dieselben Stichpunkte aufgeschrieben habt, ist es ein untrügliches Zeichen, dass ihr sehr eng befreundet seid und euch zudem dieselben Dinge wichtig sind.

Hoffnung schenken & Hoffnung leihen

Jemand anderem Hoffnung und Kraft schenken zu können, ist eine unvergleichlich wertvolle Eigenschaft, aber es gibt auch Tage, da fällt es mir unglaublich schwer. Manchmal kann ich einfach nicht dran glauben, jemals wieder glücklich sein zu können. An diesen Tagen leihe ich mir die Hoffnung und Kraft von meinen Lieben um mich herum.

Wenn wir krank sind, gönnen wir uns doch auch Ruhe, lassen uns gesund pflegen, gehen zu Mama kuscheln und trinken warmen Seelen-Balsam (Rezept Seite 116), um uns besser zu fühlen.

Genau so ist das mit der Hoffnung. Wenn unsere innere Hoffnung einen kleinen Knacks bekommen hat, braucht sie Pflege und Hilfe, um wieder zu Kräften zu kommen. Klar, ich wünschte mir auch, dass das von jetzt auf gleich gelingt, einfach einmal mit dem Finger schnipsen und fertig, aber ganz so einfach ist das nicht. Leider.

Ich bin wohl ohne Zweifel einer der ungeduldigsten Menschen, aber ich weiß, dass ich meine kleine innere Hoffnung nicht unter Druck setzen darf, ich muss ihr Gutes tun, um sie wieder aufzupäppeln. Ganz langsam, Schritt für Schritt, zum Beispiel mit guten Gedanken, die du auch auf den folgenden Seiten findest.

Und das Schöne an Hoffnung ist ja nicht nur, dass man sie selbst anderen schenken kann, sondern dass wir sie uns auch von unseren Lieben leihen können. Das kann ein aufbauendes

Gespräch, eine liebe Umarmung oder eine schöne gemeinsame Unternehmung sein.

Und wenn grad niemand da ist, der dir helfen kann, hast du ja immer noch unser kleines Buch hier, mit all den vielen Tipps, die ich schon für dich ausprobiert habe. Kuschel dich auf die Couch und stöbere ein bisschen in unseren Geschichten, hör dir meine Playlist »Couch-Potato« auf Spotify an oder bedien dich an deinem Glücksvorrat (Seite 96). Außerdem habe ich hier einige meiner Gedanken, die mir immer wieder Hoffnung schenken, und diese möchte ich gerne mit dir teilen. Wenn dir noch weitere Gedanken einfallen, würde ich mich freuen, wenn du sie hier ergänzt, fotografierst und bei Insta mit uns teilst. #unvergleichlichdu

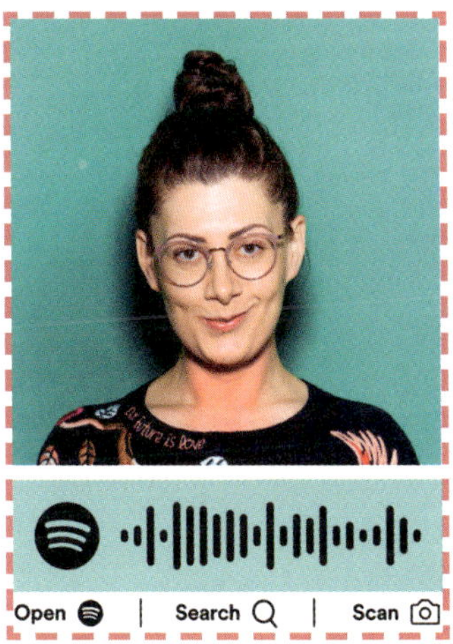

Batomae – Für den Anfang:

Für den Anfang, auf das, was kommt,
schieß Leuchtsignale von mei'm Balkon.
Für den Anfang, für mein Willkommen,
den Blick nach vorn, vielleicht reicht das schon.
– Für den Anfang.

Batomae – In Gedanken:

Und ich lass los, zumindest in Gedanken
bin ich schon lange fort, an einem neuen Ort.
Und auf dem Weg dorthin überwind ich alle Schranken,
zumindest in Gedanken bin ich schon angekommen.
– Zumindest in Gedanken.

Batomae – Niemand ist wie du:

Und wenn du denkst, dass dich niemand sieht
und es egal ist, dass es dich gibt,
wenn du denkst, du bist nie genug:
Niemand macht das so gut wie du,
ich find's krass, was du da jeden Tag tust,
– denn niemand ist wie du.

Batomae – Träume 2.1:

Kein' Bock mehr zu warten, es ist noch nicht vorbei.
Geb jedem Tag die Chance, mein bester zu sein.
Ich hör' nicht auf zu träumen, nur weil du das meinst,
Neustart und Update. – Ich träume 2.1.

»Die Jugend von heute«

Vielleicht ist dir das auch schon mal passiert: Du bist bei deiner Oma zu Besuch und bist total in einen WhatsApp-Chat vertieft oder checkst die neuen Posts bei Instagram. Wie aus dem Nichts kommt plötzlich ein »Die Jugend von heute«, und dabei rümpft Oma vermutlich sogar noch etwas die Nase. Meine Oma hat diesen Gesichtsausdruck bis ins kleinste Detail perfektioniert.

Was soll ich darauf antworten? Muss ich darauf überhaupt antworten? Ich glaube tatsächlich, dass wir darauf nichts antworten müssen. Das gäbe vermutlich nur Streit, und im Grunde hat sie ja auch ein bisschen recht.

Wir verbringen viel Zeit am Handy, weil wir gerne in Kontakt bleiben und weil das Handy unser Leben einfacher macht. Trotzdem kann ich nachvollziehen, dass es für die älteren Generationen schwierig ist, da sie es nicht verstehen. Wenn ich meiner Oma mein Handy in die Hand drücke, hält sie es wie ein rohes Ei, und sosehr ich mich auch bemühe, ihr zu erklären, wie man einen Touchscreen bedient, endet es immer gleich. Am Ende halte ich das Handy, damit meine Oma das Video von der letzten Familienfeier sehen kann, und schon ist sie eigentlich ganz froh, dass es diese Handys gibt.

Übung:

Hast du deiner Oma schon mal gezeigt, was dein Handy alles kann, wie verrückt die neuen Filter bei Instagram sind, und hat sie das Foto von euch beiden bei der letzten Geburtstagsparty schon gesehen? Mach doch mal ein Selfie mit ihr. Da freut sie sich bestimmt. Wenn du es ausgedruckt hast, kannst du es hier einkleben.

Rezept: Warmer Seelen-Balsam

Schon Sheldon Cooper aus »The Big Bang Theory« wusste, dass einen traurigen oder aufgebrachten Menschen kaum etwas so sehr beruhigt wie ein Heißgetränk.

Ich liebe heißen Tee in allen Variationen und ganz besonders diesen Seelen-Balsam, der am besten aus der Tasse von meiner Mama schmeckt:

- etwas naturtrüben Apfelsaft erhitzen
- einen Spritzer Zitrone hineingeben
- mit einem Teelöffel Honig und einer Prise Zimt abschmecken
- genießen

Kennst du auch ein leckeres Rezept? Dann würde ich mich freuen, wenn du hier die Zutaten einträgst, ein Foto davon machst und es mit uns bei Instagram teilst.
#unvergleichlichdu

Zutaten:

*
*
*
*
*
*
*
*

Zubereitung:

Der Blick in den Spiegel

Ich kenn das von mir, an den seltensten Tagen schaue ich in den Spiegel, um mich zu mögen. Meist schaue ich in den Spiegel, um mich zu bemängeln, und wenn ich aus normalem Abstand nichts zum Bemängeln finde, gehe ich so nah ran, dass der Spiegel beschlägt, denn dann finde ich garantiert was (siehe Seite 78, »Monsterpickel«)

Völlig egal, ob's ein Bad-Hair-Day ist, sich ein Pickel auf der Stirn breitgemacht hat oder das Shirt an einer Stelle spannt beziehungsweise zu schlabberig hängt, obwohl es doch noch letzte Woche perfekt gesessen hat. Diese eine Sache reicht völlig aus, damit ich mein komplettes Spiegelbild als absolut-nicht-vor-die-Tür-geh-tauglich einstufe und passend dazu direkt eine Schnute wie sieben Tage Regenwetter ziehe. Wenn ich etwas in den letzten Jahren perfektioniert habe, dann ist das diese leicht nach unten vorgeschobene Lippe, die kraus gezogene Nase und die in Falten gelegte Stirn, die meinem Spiegelbild sehr schnell deutlich macht, dass wir zwei heute keine Freunde mehr werden. Aber warum eigentlich nicht?

Bei der Wettervorhersage sprechen sie doch auch von »meist sonnig«, selbst wenn ein paar dunkle Wolken am Himmel sind. »Den Blick auf das Positive richten« klingt jetzt erst mal ziemlich abgedroschen und nach einer schier unlösbaren Aufgabe, aber ganz so schwierig ist es eigentlich gar nicht. Egal, wie sehr ich mich anstrenge, alles an mir hässlich zu finden, irgendetwas gibt es immer, das mir eigentlich doch ganz gut gefällt. Das kann bei jedem etwas völlig anderes sein, aber bei mir sind es meist die Augen. Genau auf die konzentriere ich mich ab diesem Moment und lasse alles andere in den Hintergrund meiner Aufmerksamkeit rücken. Ich setze meine Augen in den Fokus, schminke sie ein bisschen stärker, damit sie nicht nur mich, sondern auch alle anderen in ihren Bann ziehen.

Ohne dass ich mir sonderlich viel Mühe geben muss, bessert sich meine Stimmung, und das Lächeln auf meinen Lippen tut dann ein Übriges, dass ich mich doch der Welt zeige und in den Tag starte.

Kringel doch mal auf diesen Bildern ein, was du an dir und deinem Gesicht ganz besonders gerne magst, zumindest an den meisten Tagen.

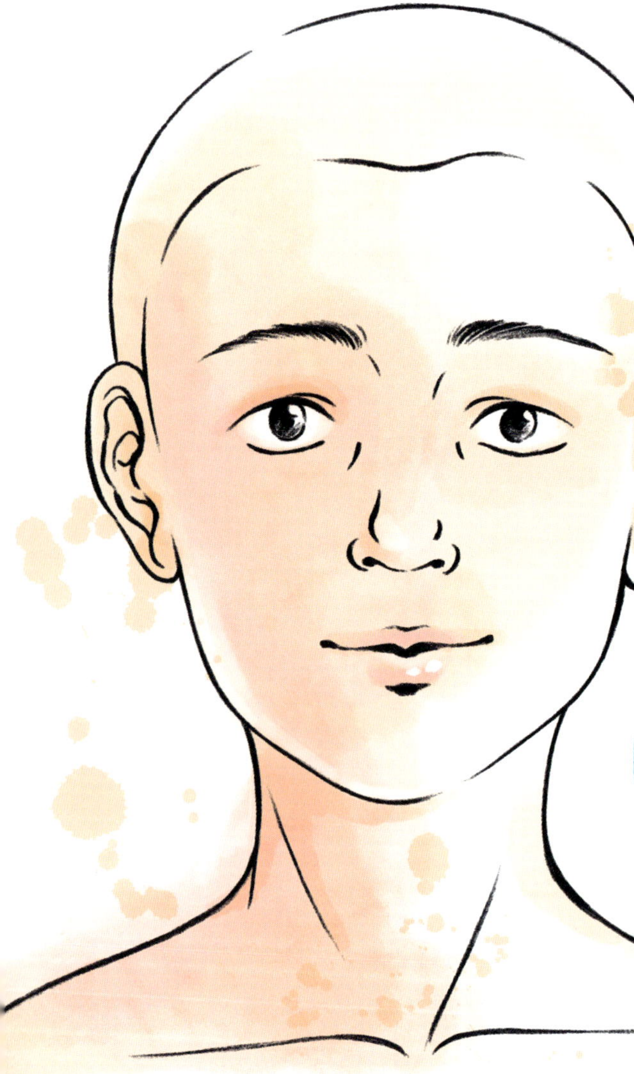

oh làlà!

Ich fasste all meinen Mut zusammen

Es gab einen Moment in meinem Leben, da konnte ich einfach nicht mehr. Meine Essstörung mit den heimlichen Fressflashs – als Symptom meiner permanenten Überforderung mit der Welt – ließ mich unter meinen 180 kg Körpergewicht einfach zusammenbrechen. Ich hatte das Gefühl, mit niemandem drüber reden zu können, weil ich mich so sehr schämte. In den Phasen, in denen es mir richtig schlecht ging, war Batomae für mich auf Tour das einzige Ventil, um Dampf abzulassen. Und ich verabscheue mich so sehr dafür, wie grausam ich zu ihm war. Du denkst, dass das Wort vielleicht etwas zu hart gewählt ist? Nein, ich wünschte, es wäre so, aber leider trifft es das ziemlich genau.

Völlig ohne Sinn und Verstand habe ich ständig Diskussionen angefangen. Diskussionen, die so absurd waren, dass sie einfach im Streit enden mussten. Ich habe es regelrecht drauf angelegt, dass die Fetzen flogen. Mein einziges Ziel war, dass Batomae mich so sehr hasste, wie ich mich in diesen Momenten selbst hasste. Ich wollte, dass er endlich ging und mich endlich allein ließ. Ich redete mir ein, ihn und seine Freundschaft nicht verdient zu haben.

Aber er blieb. Batomae blieb an meiner Seite und hat den Fehler, die Ursache für unsere Streitereien, immer wieder bei sich gesucht. Er hat sich und sein Verhalten von Tag zu Tag mehr infrage gestellt, und ihn so verzweifelt zu sehen, konnte ich nicht länger ertragen. Ich war schuld daran, dass er sich so sehr quälte und immer trauriger wurde. Das mit anzusehen, brach mir das Herz.

Während die Band auf Tour unten im Nightliner gefeiert hat, habe ich oben in meiner Koje gelegen, geheult, gefressen und geschrieben. Ich habe mir alles von der Seele geschrieben, und als die 320 Seiten fertig waren, habe ich ihm dieses Tagebuch mit all meinen Träumen, Ängsten und meinem dunkelsten Geheimnis gegeben. Okay, ganz so romantisch, wie es sich grade anhört, war es nicht. Um ehrlich zu sein, habe ich ihm eine Mail mit einem PDF geschickt. Nicht mal 30 Sekunden später habe ich ihm eine zweite Mail direkt hinterhergeschickt, in der einfach nur stand »Guck nicht rein, lösch alles«. Er hat es nicht gelöscht, sondern gelesen. Und heute bin ich unendlich dankbar dafür.

Seitdem wusste er Bescheid. Er wusste nun einfach alles von mir, von meinem Vater, der bis zu seinem Tod schwerer Alkoholiker war, dass ich noch nie körperliche Nähe zu einem Menschen zulassen konnte und dass ich ständig Angst hatte, nicht gut genug zu sein, beruflich zu versagen und ersetzt zu werden. In allen widerlichen Einzelheiten beschrieb ich ihm, wie meine Fressanfälle abliefen, mit welcher Verzweiflung ich versuchte, diese unerträgliche Leere in mir mit Essen zu füllen. Und ich beschrieb die Folgen. Ich beschrieb meinen Körper, ja jedes noch so kleine Detail, das mich so sehr anwiderte.

Es tat mir unglaublich gut, mir alles von der Seele zu schreiben. Bei den schlimmsten und traurigsten Sätzen fühlte es sich an, als würde sich der einschnürende Panzer um meine Brust mehr und mehr lösen. Ich konnte endlich wieder atmen, und ich habe auf den folgenden Seiten extra etwas Platz gelassen, sodass auch du dir deine dunkelsten Gedanken, Ängste und Sorgen von der Seele schreiben kannst. Ob du sie irgendwann jemandem zum Lesen anvertraust, bleibt ganz allein dir überlassen.

Ich bin sehr froh, dass ich meine Zeilen Batomae gegeben habe. Und jedes Mal, wenn wir uns sahen und wieder spazieren gingen, versuchte ich in seinen Augen zu lesen, wie weit er bereits war. Ich habe die ganze Zeit darauf gewartet, dass er sich vor mir ekelt, sich von mir abwendet – aber es passierte einfach nicht. Stattdessen hat er mir in seiner Sprache, der Musik, auf meine schriftliche Offenbarung geantwortet und für mich den Song »Unvergleichlich« geschrieben. Mit nur einem Lied hat er mir die Antwort auf all meine Fragen geschenkt, »Unvergleichlich« ist zu meiner inneren Hymne geworden, und ich hoffe, seine Worte und Gedanken tun dir nun ebenso gut wie mir.

Batomae: Unvergleichlich

Alles schwarz in dem Haus,
nur in deinem Zimmer brennt noch Licht.
Der Raum voller Rauch, so wie du dir den Kopf zerbrichst.
Hier ist Einsturzgefahr, wie du Löcher in die Decke starrst,
und übersiehst dabei die ersten Sonnenstrahlen.
Du glaubst, du bist nicht gut genug,
und du denkst dich klein,
weil du dir nicht reichst.

Könntest du durch meine Augen sehn,
würdest du wie ich auch zu dir stehn.
Jeden deiner Fehler lieben.
Jedes Detail an dir ist heilig.
Denn genau so, wie du bist
– bist du unvergleichlich.

Alles tanzt um dich rum, aber du wünschst dich weg von hier.
Alle so befreit, nur du gefangen in dir.
Und du schleichst wie ein Geist durch den Raum,
beinah unsichtbar.
So wird niemand sehn, wie du wirklich strahlst.
Denn du glaubst, jeder Schritt nach vorn,
ist ein Schritt zu weit, weil du dir nicht reichst.

Könntest du durch meine Augen sehn,
würdest du wie ich auch zu dir stehn.
Jeden deiner Fehler lieben.
Jedes Detail an dir ist heilig.
Denn genau so, wie du bist …

Bist du das Gelb in meinem Schwarz-Weiß-Bild,
ein Sonnenstrahl in der Nacht,
die Melodie, wenn alles still wird, so wie du lachst.
In meinem Chaos der rote Faden, lass dir nie was andres sagen.
Denn genau so, wie du bist – bist du unvergleichlich.

Könntest du durch meine Augen sehn,
würdest du wie ich auch zu dir stehn.
Jeden deiner Fehler lieben.
Jedes Detail an dir ist heilig.
Denn genau so, wie du bist
– bist du unvergleichlich.
Alles schwarz in dem Haus,
nur in deinem Zimmer brennt noch Licht.

Hier hast du Platz, um deine eigenen Sorgen und Ängste aufzuschreiben

Den Gefühlsnebel lichten

Es gibt sie, diese Tage, an denen einfach mal wieder alles gründlich schiefläuft und ich schon mittags weiß, dass dieser Tag es nicht verdient hat, in meinem Kalender zu stehen. Wenn ich schon morgens mit dieser »Keine Lust auf gar nichts«-Grundstimmung aufwache und die Schlechtigkeit des Tages ganz langsam wie aufsteigender Bodennebel weiter über meine Stimmung kriecht, fühle ich mich wie in einem dichten Nebel voll Traurigkeit und möchte den Tag einfach nur streichen und vergessen.

Dabei ist es mir dann mittags auch völlig egal, ob ich abends noch etwas Schönes vorhabe. Ich habe keine Chance mehr, mich darauf zu freuen, denn ich sehe nur noch all das, was schon schiefgelaufen ist, und verderbe mir dadurch noch den Rest. Das kann ein großer Pickel mitten auf der Stirn sein, ein blöder Streit oder mein Gefühl der Überforderung mit der Welt, na ja, oder auch einfach mal wieder alles auf einmal. Es gibt Tage, da ziehe ich das Unglück einfach magisch an.

Ich habe neulich von einer Übung gehört, von der ich dir unbedingt erzählen möchte. Ich gebe zu, dass ich es beim ersten Mal falsch gemacht habe, aber dann habe ich der Sache eine zweite Chance gegeben, und sie funktioniert tatsächlich. Und genauso wie diese kleine Übung hat auch jeder noch so blöde Tag eine zweite Chance verdient.

So geht es:

Du nimmst dir ein großes Glas Wasser, das nicht bis ganz oben, sondern maximal zu zwei Dritteln gefüllt ist. Dann nimmst du einen Esslöffel mit Dreck und Erde, schüttest ihn hinein und rührst kräftig um, bis du ein Glas mit Drecksbrühe hast. Yepp, klingt etwas eklig, ist aber genau richtig so. Mein Fehler beim ersten Mal war, dass ich ein volles Glas genommen habe, den Dreck (weil ich so genervt vom Tag und mir selbst war) mit ordentlich Schmackes reingeschüttet habe und die Drecksplörre sich mit dunklen Sprenkeln auf meinen Notizen verewigt hat. Aber nun gut, eine zweite Chance hat ja jeder verdient. Hinter das Glas mit der Drecksbrühe stellst du ein Foto, eine Blume oder irgendwas anderes, was dich im Normalfall lächeln lassen würde, wenn es nicht so ein blöder Tag wäre.

Also, du hast nun die dunklen Gedanken in dir und das Glas mit der dunklen Brühe vor dir. Jetzt ziehst du deinen Stuhl zurück, legst die Hände auf der Tischkante vor dir als Kissen übereinander, legst dein Kinn darauf und wartest. Du darfst dabei so gruselig und genervt dreinschauen, wie du möchtest, denn für den Gesichtsausdruck gibt's keine Regel, aber: kein Handy, kein Buch, keine Ablenkung. Natürlich wäre es toll, wenn du dir nicht mal Gedanken machen würdest, aber das wäre dann schon die Königsdisziplin.

Konzentriere dich nun einfach nur auf deine Atmung und auf das Glas vor dir, atme tief durch, bleib dabei weiter völlig ohne Anspannung und beobachte, wie sich mehr und mehr von den schweren Dreckpartikeln auf dem Boden des Glases absetzen und sich die leichten an der Oberfläche sammeln. Und je mehr sich der Nebel von Dreck und Schlamm langsam lichtet, klart auch deine Stimmung wieder auf und gibt deinen Blick für das Schöne frei. Manchmal sind es nur fünf Minuten, die es braucht, um dem Tag eine zweite Chance zu geben.

Dein Fixstern

Ich bin nicht nur die Heldin der Prokrastination, ich bin ohne jeden Zweifel auch eine Drama Queen. Okay, das mit dem Prokrastinieren (siehe Seite 57, »Heldin der Prokrastination«) habe ich inzwischen ziemlich gut im Griff, aber an meinen Drama-Queen-Allüren arbeite ich noch.

Wirklich, ich neige dazu, aus einer kleinen Mücke einen riesengroßen Elefanten zu machen. Wenn's wenigstens ein pummeliges Einhorn wäre, könnten wir über alles reden, aber ein missgelaunter grauer Elefant ist ziemlich nervig. Für alle um mich herum, aber am allermeisten für mich. Kennst du das, wenn man sich selber mit seiner eigenen schlechten Laune nervt? Ich kenne dieses Gefühl besonders dann, wenn meine schlechte Laune eigentlich unangebracht ist. Genau, wenn ich eben mal wieder aus einer Kleinigkeit ein riesengroßes Drama gemacht habe.

Hier gibt es einen ganz tollen Trick, der mir in diesen Momenten immer superschnell hilft. Wenn ich merke, dass ich mich in eine Kleinigkeit unnötig hineinsteigere, denke ich an meinen Fixstern. Was ein Fixstern ist, fragst du dich? Ein Fixstern ist dein höheres Ziel. Nein, nicht, die nächste Klassenarbeit zu überstehen oder Karten für das Konzert deiner Lieblingsband zu ergattern. Ich meine dein ultimatives Ziel, das ganz hoch oben über allem anderen steht. Dein Ziel, das dir ein breites Honigkuchenpferd-Lächeln ins Gesicht zaubert, wenn du dir vorstellst, wie du es endlich erreichst (siehe Seite 100, »Ziele verändern sich«). Dein Ziel, das so hoch über allem steht, dass du es auch dann nicht aus den Augen verlierst, wenn ganz viele Steine auf deinem Weg liegen.

Der Fixstern meines besten Freundes Batomae ist, mit seiner Band vor ganz vielen Menschen aufzutreten, die seine Songs mitsingen können. Der Fixstern von einer meiner liebsten Freundinnen ist es, ihre beiden Kinder glücklich aufwachsen zu sehen. Mein Fixstern ist es, dass sich jeder, der mein Buch gelesen und mich bei einem Auftritt besucht hat, unvergleichlich gut fühlt.

Übung:

Was ist dein ganz persönlicher Fixstern? Kannst du beschreiben, welche Stufen auf dem Weg zu deinem Fixstern noch vor dir liegen und wie es sich anfühlen wird, ihn zu erreichen?

Zukunftsmusik

Horoskope und die Vorhersagen in Glückskeksen haben eins gemeinsam: Ich glaube nur dran, wenn sie gut sind, also, so richtig gut. Aber noch viel, viel lieber befrage ich das Song-Orakel. Völlig egal, welche Frage ich habe, zum Beispiel, ob es ein guter Tag wird, ob sich meine beste Freundin genauso doll wie ich auf unseren Urlaub freut oder ob unsere Konzert-Lese-Tour an Schulen schön wird, das Song-Orakel weiß immer die Antwort. Was? Du hast noch nie vom Song-Orakel gehört? Okay, kein Problem – die Regeln sind schnell erklärt.

1. Schalte das Radio ein oder stell unsere Spotify-Playlist »Song-Orakel« auf zufällige Wiedergabe.
2. Formuliere deine Frage möglichst eindeutig.
3. Der nächste Song, der gespielt wird, gibt dir die Antwort. Hör auf die Stimmung des Songs, auf den Text und fühl genau hin, was der Song mit dir macht. Lies auch zwischen den Textzeilen, meist findest du genau dort deine Antwort.

Schreib hier deine fünf wichtigsten Fragen auf und jeweils darunter, welches Lied dir das Song-Orakel als Antwort gegeben hat und wie du das für dich und deine Frage interpretierst.

1.

2.

3.

4.

5.

Open | Search | Scan

Was soll in deinem Glückskeks stehen?

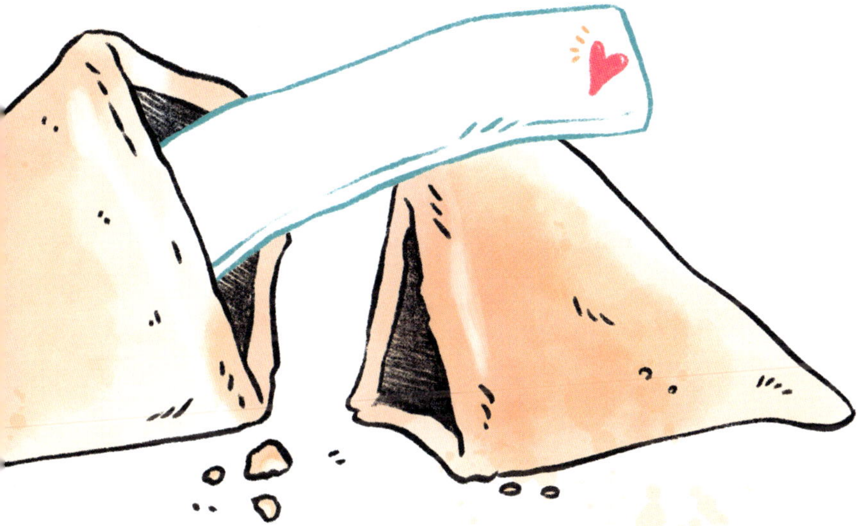

PS: Um das ultimative Glückskeks-Feeling zu haben, empfehle ich dir, genau jetzt einen Keks zu essen.
#unvergleichlichdu

Challenges und Coaches

Egal, wo wir hinschauen, das Netz und unser Nachrichteneingang ist voll davon: von Menschen, die uns zu einem »besseren Ich« und der »allerallerallerbesten Version von uns selbst« verhelfen wollen. Dass sie im Grunde nur sich selbst zu einem volleren Bankkonto oder einem noch größeren Ego verhelfen wollen, verschweigen sie uns natürlich. Sie sind aber auch eh viel zu sehr damit beschäftigt, unsere kleinen Makel zu einer Katastrophe aufzubauschen. Und wenn es keine gibt, müssen sie uns nur lange genug bearbeiten, bis wir etwas finden, was wir an uns nicht mögen.

War es früher nur die Schönheitsindustrie (siehe Seite 52, »Influencer & Werbung«), deren einzige Daseinsberechtigung auf den Selbstzweifeln der Mädchen und Frauen basierte, gibt es heute eine ziemlich neue Bewegung von Menschen, die mit unserem Leid und unseren Selbstzweifeln Geld verdienen wollen.

Du merkst schon, wie sauer mich dieses Thema macht, und ich könnte vor Wut an die Decke gehen, weil es ihnen gelingt. Ach, weißt du, ich ärgere mich einfach, dass ich schon viel zu oft selbst drauf reingefallen bin und mich für dumm habe verkaufen lassen. Wobei sie es ja auch wirklich immer sehr schlau anstellen: Erst eine Nachricht, sie hätten sich mein Profil angeschaut und sofort gesehen, dass ich mich für Schönheit, Lifestyle und Fitness interessiere. Ein schönes Kompliment, aber in Wirklichkeit nur ein fauler Trick, um mir zu schmeicheln. Dann die Bitte, mir doch mal ihre Gruppe anzuschauen, da sie meine Meinung interessieren würde, und so weiter und so weiter … In den Gruppen geht es dann um gegenseitige Motivation und Zusammenhalt. Angeblich. Doch im Grunde geht es nur darum, sich gegenseitig zu kontrollieren, und wie zufällig werden hin und wieder Produkte wie Shakes, Klamotten, Nahrungsergänzungsmittel und so weiter empfohlen, und wenn wir den Rabattcode blablabla30 eingeben, bekommen wir es sogar günstiger. Natürlich völlig uneigennützig und nur, weil man es ja ach so gut mit uns meint. Bullshit, ja, das ist wirklich absoluter Schwachsinn. Jedes Mal, wenn irgendjemand diese Rabattcodes eingibt, klingelt die Kasse, und jemand verdient Geld, nicht selten sogar genau die Person, die uns in die Gruppe geholt hat.

Das Schlimme ist, dass es diese Challenges inzwischen nicht nur im Internet, sondern auch im wahren Leben unter Menschen gibt, die eigentlich Freunde und keine Gegner sind. Hier wird zwar meist kein Geld verdient, aber hier wird mit Tränen und Gesundheit ein noch viel höherer Preis gezahlt. Hier geht es darum, sich runterzuhungern, bis ein drei Finger breiter Spalt zwischen den Oberschenkeln entsteht, oder so lange, bis die Taille hinter einen DIN-A4-Zettel passt. Wer dazugehören will, muss ins Bild passen, und am Anfang fühlt es sich auch noch gut an: Alle Gedanken konzentrieren sich auf dieses eine Vorhaben, auch wenn es noch so bescheuert ist. Alle anderen Sorgen, Ängste und Unsicherheiten treten völlig in den Hintergrund, weil sich alles nur noch darauf konzentriert, dieses eine Ziel zu erreichen. Und plötzlich kommen die Komplimente und fühlen sich so unglaublich gut an. Ich selbst habe zum Beispiel lange nicht gemerkt, dass sich meine Überforderung hinter der Crash-Diät-Challenge versteckt hat (siehe Seite 42, »Der Maskenball«)

Wenn du merkst, dass dich jemand in solche Gruppen ziehen will, solltest du, egal wie sportlich oder unsportlich du bist, die Beine in die Hand nehmen und rennen. Lauf ganz, ganz weit weg. Wirklich, halte dich von solchen Menschen fern und lass nicht zu, dass sie sich in deine Gedanken einklinken und dir irgendeinen Schwachsinn einreden. Pass auf dich auf und behalte die Kontrolle über deine Gedanken.

Schau dir gerne mal bei YouTube mein Video »Jana Crämer – 'ne beschissene Pizza« an. Ich hätte mir im Nachhinein gewünscht, etwas weniger zu fluchen, aber manchmal muss die Wut einfach raus.

1. Übung:

Gibt es Gruppen, in die du schon mal eingeladen wurdest? Wie hast du reagiert? Hast du eine Idee für eine Antwort, die dem Absender ganz deutlich macht, dass er uns in Ruhe lassen soll? Schreib sie gerne hier auf und teile sie mit dem Hashtag #unvergleichlichdu. Damit inspirierst du viele andere Mädchen, sich vor diesem Challenge-Wahnsinn zu schützen ...

2. Übung:

Was würdest du deiner besten Freundin sagen, wenn sie überlegt, in so eine Gruppe einzutreten?

Und jedes Mal, wenn du kurz davor bist, schwach zu werden, liest du dir bitte genau diese Zeilen durch. Ich glaub an dich, du bist stark und brauchst diese Gruppen & Challenges nicht. #unvergleichlichdu

Das Leben besteht nicht nur aus Superlativen

Ist dir schon mal aufgefallen, dass in den sozialen Netzwerken ständig mit Superlativen um sich geworfen wird? Was ein Superlativ ist? Wenn quasi keine Steigerung mehr möglich ist: das Beste, Schönste, Süßeste usw.

Weiß sich der Verfasser gar nicht mehr zu helfen, wird noch schnell ein »aller-« oder »alleraller-« davorgesetzt. Es gibt kaum noch einen Post, unter dem sich nicht endlose Kommentare gegenseitig überbieten. Meist mit Antworten wie »Du aber auch« oder »Selber«.

Keine Ahnung, warum mich das so unglaublich nervt. Ich freu mich ja auch, wenn ich liebe Kommentare bekomme, aber ich möchte, dass sie ehrlich gemeint sind, und in meinem Kopf kann nun mal nicht jeder die Beste, Schönste oder Süßeste sein. Natürlich sind diese Kommentare trotzdem tausendmal besser als bescheuerte Hass-Kommentare, die nun wirklich kein Mensch braucht. Gar keine Frage.

#DU!

Trotzdem. Solche Superlativ-Kommentare berühren mich einfach nicht, weil ich sie unehrlich finde. Ich bin der Meinung, dass es ein absolutes Privileg ist, wenn man jemanden als seine beste Freundin oder seinen besten Freund bezeichnet. Ich habe lieber eine Handvoll beste Freunde, und denen sag ich ins Gesicht, wie unvergleichlich ich sie finde, als dass ich im Netz mit Superlativen um mich werfe und am Ende noch jemand verletzt wird.

Übung:

Über welchen Kommentar hast du dich zuletzt so richtig doll gefreut? Wer hat ihn geschrieben und als Reaktion auf was?

Grins dich glücklich

Gönn dir mindestens eine Grinse-Minute pro Tag, um glücklicher zu werden. Was du dazu tun musst? Nimm dir exakt 60 Sekunden Zeit, in denen du eine völlig übertriebene Grinse-Grimasse ziehst, als gäb's kein Morgen mehr. Da es aber natürlich doch jeden Morgen einen neuen Morgen gibt, mache ich dieses kleine Glückstraining jeden Morgen als Start in den Tag.

Du kennst mich ja inzwischen schon ein bisschen und weißt, dass ich sonst absolut kein Fan von Selbstverarsche bin, aber in diesem Punkt wurde wissenschaftlich bewiesen, dass es funktioniert. Du kannst dich selbst überlisten und deinen Körper dazu bringen, dass er bei einem falschen Grinsen echte Glückshormone freisetzt. Im Grunde bedeutet das nichts anderes, als dass du lächelst, wenn du glücklich bist, und glücklicher wirst, wenn du lächelst.

Yepp, wenn es dir richtig mies geht, du aber für mindestens 60 Sekunden ein breites Grinsen im Gesicht trägst, spannst du exakt die Muskeln im Gesicht an, die auf die entscheidenden Nerven drücken, und so führt diese Vorspiegelung völlig falscher Tatsachen zu einem echt richtig guten Gefühl.

Wenn es dir schwerfällt, einfach so ein breites Grinsen aufzusetzen, kannst du auch einen Stift quer zwischen die Zähne nehmen und dich so zum Grinsen zwingen, aber bitte auf keinen Fall zwischen die Lippen, denn so würdest du einen Schmollmund provozieren, und der hat genau den gegenteiligen Effekt. Wer immer eine Schnute wie sieben Tage Regenwetter zieht, kommt nicht drum herum, sich sehr bald auch genau so zu fühlen. Ich find's total krass, dass wir mit unserem Gesichtsausdruck aktiv mitentscheiden können, wie wir uns fühlen.

Übung:

Nimm dir jeden Tag eine Minute, um dich glücklich zu grinsen. Ich bin mir sicher, dass du hier kein YouTube-Tutorial bräuchtest, aber da es so herrlich bescheuert aussieht und ich es eh täglich mache, habe ich es für dich aufgenommen und online gestellt.

Mit dir tanze ich auch im Regen.

Schönwetter-Freunde

Kennst du diese Menschen, die immer da sind, wenn es was zu feiern gibt? Sie verbreiten Partystimmung, sind immer bestens gelaunt, und, noch wichtiger, sie sind da, wenn du gut drauf bist. Ihr könnt zusammen Spaß haben und bekommt einen Lachflash nach dem anderen. Solche Freunde sind ohne jeden Zweifel wunderbar, und es ist toll, dass es sie gibt.

Für mich aber noch viel wertvoller sind die Menschen, die auch dann an meiner Seite sind, wenn nicht alles glattläuft. Die Freunde, die nicht nur mit mir gemeinsam auf die Sonne warten, sondern sich die Gummistiefel anziehen, mit mir in die Pfützen hopsen und im Regen tanzen. Und mal ehrlich, so schlimm ist Regen eigentlich gar nicht, die meisten Tropfen fallen doch eh vorbei. ;)

Übung:

Mit wem tanzt du auch im Regen, bis die Sonne wieder lacht?

Mach ein Foto, um es zu posten, und markiere, mit wem du im Regen tanzt.
#unvergleichlichdu

Sei du selbst, alle anderen gibt es schon

Wir alle haben Talente. Punkt. Yepp, daran gibt es nichts zu rütteln, und ich finde, das kann man auch einfach mal so stehen lassen. Deine Talente sind sogar absolut unvergleichlich. Sie gehören zu dir wie deine Nase, deine Augen oder der kleine Zeh. Aber ebenso gibt es Sachen, die uns unglaublich viel Anstrengung kosten, wie es zum Beispiel mich unglaublich stresst, spontan zu sein.

Versuch bitte nicht, jemand zu sein, der du nicht bist. Vielleicht würde es dir mit ganz viel Anstrengung gelingen, dich so zu verhalten, wie andere dich gerne sehen würden. Ja, und wenn du dir noch mehr Mühe gibst, könntest du dich sicher auch eine ganze Zeit lang sehr gut selbst verarschen, sodass du es dir am Ende sogar selber glaubst. Mich selbst zu verarschen, war übrigens eine ganze Zeit lang eines meiner am besten ausgeprägten Talente. Heute brauche ich diese Fähigkeit nicht mehr, und darüber bin ich unglaublich froh.

Ich bin nicht auf dieser Welt, um anderen zu gefallen und mich so zu verhalten, wie sie es gerne hätten, damit ihr Leben leichter ist. Ich bin ein sehr umgänglicher, fairer und ehrlicher Mensch, der niemandem mit Absicht Schaden zufügt. Mit mir kann man lachen, weinen und auch einfach mal nur schweigend dasitzen.

#DU!

Was man mit mir aber absolut nicht gut kann, ist: Tischtennis spielen, spontane Überraschungsbesuche, klettern, Horrorfilme schauen oder sich von mir bei Mathehausaufgaben helfen lassen. Sicher gibt es noch zahlreiche andere Dinge, die man mit mir sogar noch viel weniger gut unternehmen kann, aber diese liegen schon ziemlich weit vorne.

Wir müssen nicht alles können, und wir brauchen auch nicht den Dingen nachzutrauern, die wir nicht so sehr draufhaben. Feiern wir viel lieber die Talente und Vorlieben, die wir haben, damit haben wir genug zu tun.

Übung:

Gab es schon mal eine Situation, in der du versucht hast, dich für andere zu verstellen?

. . . .

. . . .

. . . .

. . . .

. . . .

. . . .

. . . .

. . . .

. . . .

. . . .

Wie hat sich das angefühlt, und wie hast du es geschafft, dich daraus zu befreien?

Drama Queen in Bestform

Dir diese Situation zu erzählen, ist mir schon etwas unangenehm, aber ich glaube, dass ich es inzwischen wagen kann, dir auch diese Seite von mir zu zeigen. Du hast ja auch schon eine Menge von dir preisgegeben. Also, letztes Jahr wurde ich von Sabine auf ihrer Party gefragt, ob ich ein Stückchen von ihrem Geburtstagskuchen mit einem Schlag Sahne haben wollte. Es wird dich nicht überraschen, dass ich freundlich ablehnte. Keine drei Minuten später: dieselbe Frage, nun mit dem kleinen Zusatz, dass mir ein Stück doch nicht schaden würde. Yepp, genau mit diesem bevormundenden und gleichzeitig gönnerhaften Unterton, den du nun auch im Ohr hast. Du scheinst also leider schon mal eine ganz ähnliche Situationen erlebt zu haben. So eine Sabine haben wir wohl alle in unserem Bekanntenkreis.

Ich drehte mich um, schaute ihr direkt in die Augen und blaffte sie an, dass mir grad nicht nach Kuchen sei, denn wenn ich dieses Stück essen würde, müsste ich danach den Rest dieses Kuchens, das Blech daneben und dazwischen immer wieder ein paar Löffel des Vanilleeises, das sie für die Rote Grütze dort drüben am anderen Ende des Buffets stehen hatte, fressen. Ja, ich habe wirklich »fressen« gesagt, und genau in diesem Moment verstummten jegliche Gespräche, alle Blicke ruhten auf mir, und ich lief zur Höchstform auf.

Ich atmete tief durch und fügte hinzu, dass mir das anschließende Kotzen mit dem Eis zwischen dem trockenen Kuchen leichterfallen würde, und fragte noch: »Wo finde ich noch mal eure Toilette?« Die Bühne gehörte mir, und ich war bereit für einen offenen Schlagabtausch.

Du kannst dir sicher vorstellen, dass sich Sabine ab diesem Moment nicht mehr getraut hat, weiter Kuchen anzubieten. Weder mir noch irgendwem sonst. Mir war die Partystimmung gründlich vergangen. Nicht mal, weil ich mich für meinen Ausbruch geschämt hätte. Was durchaus angebracht gewesen wäre. Nein, ich plante in Gedanken schon den nächsten Fressflash. Den Fressflash, für den ich, ohne zu zögern, ganz allein Sabine die Schuld gab. Was fiel ihr verdammt noch mal ein, mir Kuchen anzubieten? Und dann noch mit Sahne. Bei der hackt's wohl.

Noch mehr ärgerte ich mich, als ich dann drüber nachdachte, was denn die Alternative gewesen wäre: mir keinen Kuchen anzubieten. Also malte ich mir haarklein aus, wie ich mich gefühlt hätte, wenn Sabine allen anderen Kuchen angeboten hätte, nur mir nicht.

In meinen Gedanken spielte ich diese Situation wieder und wieder durch, und als ich kurz davor war, innerlich zu explodieren, stellte ich mir die in diesem Moment einzig sinnige Frage: Was fiel dieser blöden Kuh eigentlich ein, überhaupt Geburtstag zu haben?

Yepp, du merkst schon, dass ich in der Vergangenheit leider verdammt oft ziemlich weit übers Ziel hinausgeschossen bin.

Ich habe meinen inneren Druck und meine Wut darauf, dass es mir nicht möglich war, ein Stückchen Kuchen zu probieren, gegen sie gerichtet und mich ins schier Unermessliche hineingesteigert. Ich bin nicht nur die Heldin der Prokrastination (siehe Seite 57), ich bin zudem eine Drama Queen hoch zehn. Aber ich arbeite jeden Tag dran, denn diese Eigenschaft nervt mich selbst wohl am meisten. Doch denke ich jetzt so drüber nach, kann ich echt sagen, dass ich da inzwischen einen großen Schritt weiter bin, um genau zu sein, sogar vier Schritte weiter.

Gedanklicher Wut-Weitwurf

1. Schritt:

Ich stelle mir meine Wut als wirres Bündel von Emotionen vor, die ich mit meinen beiden Händen gedanklich zu einer festen Kugel knautsche.

2. Schritt:

Diese Kugel schleudere ich dann, auch wenn es sich noch so sehr anbieten würde, nicht der Person mir gegenüber mit Schmackes an den Kopf, sondern suche mir ein Fenster, eine offene Tür oder, wenn ich draußen bin, einen Mülleimer in weiter Ferne und werfe die Wutkugel mit aller Kraft in diese Richtung. Den Mülleimer treffe ich zwar so gut wie nie, aber das ist egal. Wut tritt sich fest.

3. Schritt:

Ich atme drei Mal tief durch und trete dabei innerlich drei Schritte zurück. Pro Atemzug einen Schritt. Ach, du findest, das sei reines Zeitspiel? Yepp, da hast du vollkommen recht, genau das ist es. Ich verschaffe mir Zeit, um runterzukommen.

4. Schritt:

Habe ich dann etwas Abstand gewonnen, überdenke ich die Situation und komme in 99 Prozent der Fälle zu dem Schluss, dass es mein Gegenüber nur gut mit mir meint, mit Sicherheit keine böse Absicht dahintersteckt und er es schlichtweg einfach nur nicht besser weiß.

Was mit dem übrigen einen Prozent ist? Dieses eine Prozent sind einfach Idioten, die es drauf anlegen, mir den Tag zu verderben, und sich einen Spaß draus machen, andere Menschen zu provozieren und zu triggern. Ja, solche Spinner gibt es leider immer wieder mal. Hier gibt es nur eine Möglichkeit: nett lächeln, »Fick dich!« denken und ihr oder ihm das blöde Stück Kuchen mitten ins Gesicht klatschen. Zumindest in Gedanken.

Wenn ich mich dann innerlich beruhigt habe, bin ich bereit, Verantwortung für mich zu übernehmen, und stelle mein Bedürfnis, dieses Stückchen Kuchen nun nicht zu kosten, über ihren Wunsch, von mir ein »Ach Gott, ist das lecker, ich könnte mich reinlegen« zu hören.

Es geht, auch wenn Sabine das Geburtstagskind ist, in diesem Moment nicht um sie. Es ging um sie, als wir »Happy Birthday« gesungen haben, jetzt geht es um mich, und das formuliere ich inzwischen sehr deutlich. Eine Möglichkeit wäre zum Beispiel: »Ich bin sicher, dass du eine fantastische Bäckerin bist, aber ich bin nicht auf Diät. Ich bin essgestört, und es würde mir nicht guttun, jetzt ein Stück davon zu probieren«, oder: »Der Kuchen sieht ganz vorzüglich aus, aber ich bin Binge-Eaterin, und ihn zu essen, würde mich zu sehr stressen.« Das reimt sich sogar.

Übung:

Hast du weitere Ideen, was in so einer Situation eine gute Antwort sein könnte, um »Danke, aber nein danke!« zu sagen? Ich würde mich freuen, wenn du deine Ideen mit uns teilst, der Hashtag ist wie immer #unvergleichlichdu.

Der Mädchenbauch

Ich möchte dir von einer Geschichte im Schwimmbad erzählen, die passiert ist, als ich noch ganz klein war. Ich war damals vielleicht sieben oder acht und bin jedes Jahr zu Ostern mit meiner Mama auf die Nordseeinsel Langeoog gefahren. In diesem Jahr habe ich mein Seepferdchen gemacht, und wenn ich nicht gerade damit beschäftigt war, im Wasser nicht unterzugehen, war ich an Land damit beschäftigt, meinen Bauch einzuziehen.

Ich saß gerade wieder auf der Liege, hatte mich sofort in mein großes Badetuch gekuschelt und die beiden Jungs neben mir auf der Liege belauscht. Ja, macht man nicht, ich weiß … aber ich bin doch so schrecklich neugierig. Ich habe zugehört, wie sich die beiden Typen, vielleicht so fünfzehn oder sechzehn, über die Mädchen im Schwimmbad unterhalten haben. Obwohl die beiden voreinander den starken Mann markierten, schienen sie echt schüchtern zu sein, denn sie hatten sich beide noch nicht getraut, ein Mädchen anzusprechen, also haben sie sich nur über das unterhalten, was sie von den Mädels wussten: Haare, Figur, Badeanzug oder Bikini und das ungefähre Alter.

Als ich an den beiden vorbeiging, um zurück ins Wasser zu gehen, habe ich wieder ganz fest den Bauch eingezogen und die Luft angehalten, als ich den einen plötzlich sagen hörte, dass er den kleinen Mädchenbauch von der Braunhaarigen so schön fände. Einen Bauch attraktiv finden? So was hatte ich ja noch nie gehört. Ich dachte immer, dass Bäuche immer möglichst flach sein müssten, um als attraktiv zu gelten. Sofort schaute ich mich um und erkannte, welches Mädchen er meinte. Das Mädchen sprudelte vor guter Laune, schmiss sich gerade über irgendwas weg, was ihre Freundin erzählte, dabei hielt sie sich vor Lachen ihren kleinen Bauch. Er hatte recht, sie sah absolut umwerfend aus.

Viele optische Merkmale wie Figur, Haarfarbe oder Sommersprossen sind hundertprozentig Geschmackssache. Was uns aber ohne jeden Zweifel unglaublich attraktiv macht: wenn wir ein Lächeln auf den Lippen tragen, uns wohl in unserem Körper fühlen, uns nicht verstecken und uns über uns selbst und nicht über unsere Klamotten oder Schminke definieren. Ein Typ, der uns ungeschminkt und in Schlabberjoggingbuxe nicht mag, sollte uns eh gestohlen bleiben. Gut stylen kann sich mit dem richtigen YouTube-Tutorial jeder, aber dein Lachen, dein Charme und deine unvergleichliche Art, die gehören dir ganz allein, und die kann auch niemand kopieren. Niemand ist wie du!

Die Lach-Übung

Für ein Lachen braucht es 135 Muskeln: die mimische Muskulatur mit sechs Bewegungsmuskeln an jedem Auge und dazu 20 Muskeln auf beiden Seiten des Mundes. Bei einem herzhaften Lachen gerät der gesamte Kopf in Bewegung, und 20 verschiedene Halsmuskeln freuen sich mit uns. Wenn's dann zu einem Lachflash kommt, setzen sich in der Rippenmuskulatur 24 Muskeln pro Seite in Bewegung. Auch Zwerchfell und gerader Bauchmuskel erhärten sich rhythmisch.

Gelotologen (Lachforscher, ja, die gibt es wirklich!) fanden heraus, dass bereits eine Minute Lachen so belebend wie 45 Minuten Entspannungstraining ist. Wir versetzen unseren Körper in diesem Moment in einen positiven Stresszustand. Das Herz pumpt während des Lachens schneller, der Blutdruck steigt an, und Sauerstoff wird über die Atmung vermehrt in die Lungen gepumpt.

Eine Studie vom Vanderbilt University Medical Center soll ergeben haben, dass 10 bis 15 Minuten Lachen zwischen 10 und 40 Kalorien verbrennt. Je nachdem, ob's nur ein leichtes Kichern oder ein Lachkrampf ist. Das ist genug, um zwischen 500 g und 2 kg pro Jahr zu verlieren. Eine Stunde Lachflash verbrennt also genauso viele Kalorien wie 30 Minuten Gewichtheben.

Ich habe Lachanfälle vorzugsweise in der Schule bekommen, wenn wir den Flüsterfuchs machen sollten. Je mehr ich mich darauf konzentriert habe, still zu sein, desto lauter musste ich losprusten, und je mehr ich versucht habe, mich zusammenzureißen, desto schlimmer wurde es.

Übung:

Gönn dir jeden Tag zehn Minuten, die dich zum Lachen bringen. Sei es eine Witzeseite im Netz, ein lustiges Hörbuch, ein lustiges Gespräch oder YouTube-Videos. Vielleicht kennst du sogar jemanden, der lustige Witze erzählen kann?

Du bist das Best-of

Früher wollte ich immer so stark wie Pippi Langstrumpf oder so wortgewandt wie Sarah aus meiner Klasse sein. So ganz geklappt hat das zwar nicht, denn ich kann keine Pferde hochheben, und in einem Debattierkurs wäre ich sicher auch nicht die Beste, aber heute bin ich stark genug, um meinem besten Freund Batomae und seiner Band beim Aufbau der Bühne zu helfen, und wortgewandt genug, um Interviews live im Fernsehen zu geben.

Das kam nicht von heute auf morgen, aber ich habe an mir gearbeitet und fleißig geübt, und wenn ich mich nach den Auftritten mit Schülern und Fans unterhalte, machen sie mir immer wieder Komplimente, wie mutig sie es finden, dass ich so offen und ehrlich über meine Probleme sprechen kann, und wie gut es tut, sich mit mir zu unterhalten. So würden sie auch werden wollen.

Dass ich mal jemanden inspiriere, hätte ich nie für möglich gehalten, geschweige denn, dass jemand zu mir sagt, ich sei ein Vorbild. Aber es macht mich unglaublich stolz, und ich bin heute sehr dankbar, dass ich bin, wie ich bin.

Versuch also nicht, so zu werden wie jemand anders, den es schon gibt (siehe Seite 164, »Sei du selbst, alle anderen gibt es schon«). Kopien sind langweilig und verlieren mit der Zeit an Glanz. Schau dir an, wer deine Vorbilder und deine Heldinnen sind, und lass dich von ihnen inspirieren. Finde heraus, was du ganz besonders an ihnen bewunderst, und lass diese Charakterzüge auch bei dir zum Vorschein kommen.

Vereine nur das Beste von allen in dir, mit deinen besondersten Eigenschaften als i-Tüpfelchen obendrauf. Du bist keine Kopie, du bist das unvergleichliche Best-of.

#Du!

Übung

Wenn du diese Seite fotografierst und postest, verlinke doch deine Vorbilder, sie werden sich sicher freuen, dass sie dich so sehr inspirieren. #unvergleichlichdu

Wer sind deine fünf größten Inspirationen/Heldinnen/Vorbilder?

. . . .

. . . .

. . . .

. . . .

. . . .

. . . .

. . . .

Was bewunderst du ganz besonders an ihnen?

. . . .

. . . .

. . . .

. . . .

. . . .

. . . .

. . . .

. . . .

Welche dieser Eigenschaften schlummern auch in dir?

Zumindest in Gedanken

Oh, wie sehr habe ich mir früher Hilfe gewünscht, jemanden, der da ist, jemanden, der zuhört, und jemanden, der bleibt, auch wenn's mal schwierig wird. Einfach jemanden, der mich in den Arm nimmt und ganz leise »Es ist okay. Du kannst jetzt aufhören, stark zu sein« flüstert.

»Du bist nicht allein!«, waren die Worte, nach denen ich mich so sehr gesehnt hatte, aber da war niemand, denn niemand wusste, wie es in mir aussah. Ich war früher umgeben von Menschen, die mich liebten, und fühlte mich trotzdem schrecklich allein. Wie sollte mich denn auch jemand anders verstehen, wenn ich mich nicht mal selbst verstand?

Bitte lass mich diejenige sein, die dich jetzt ganz fest in die Arme schließt, dir zumindest in Gedanken über den Rücken streichelt und an deiner Seite bleibt. Genau dafür ist dieses Buch gedacht, es ist unser kleiner Schatz – Seite für Seite.

Und vielleicht lernen wir uns ja sogar mal bei einem Auftritt kennen, entweder in einer Buchhandlung in deiner Stadt, bei einer Konzertlesung an deiner Schule (schau mal auf www.unvergleichlich-du.de, wie du einen Auftritt für deine Schule gewinnen kannst) oder wenn ich mit Batomae gemeinsam auf Tour bin. Ich würde mich schrecklich freuen, dich mal kennenzulernen, und wenn du dann dieses Buch mitbringst, schreibe ich dir gerne etwas rein.

Wer singt, ist glücklich

Ich kann ganz außergewöhnlich singen. Außergewöhnlich laut und mindestens ebenso schief. Gekrönt wird dieses Talent nur noch durch meine Vorliebe, mir falsche Texte zu merken und diese dann mit einer gnadenlosen Selbstverständlichkeit so überzeugend zu schmettern, dass sich die anderen um mich herum fragen, ob sie selber vielleicht falsch sind. Wer versucht, von meinen Lippen zu lesen, versteht nur Bahnhof, und das ist auch völlig okay, denn singen soll nur eins: hemmungslos Spaß machen.

Ich habe gemerkt, dass ich beim Singen alles um mich herum vergesse und auch meine Gedanken keine Chance haben, mir die Stimmung zu verderben. Wenn ich singe, sind meine Gedanken voll und ganz damit beschäftigt, sich auf den Text zu konzentrieren. Oder zumindest auf die geschickte Aneinanderreihung von Worten, sodass sie zumindest irgendeinen Sinn ergeben. Oder eben Unsinn, egal.

Ich habe für dich bei Spotify eine Playlist mit Songs angelegt, die sich ganz hervorragend dazu eignen, lauthals von uns mitgesungen zu werden: »Hauptsache laut, Text ist egal«-Songs.

Probiere es aus, und du wirst merken, wie gut es dir tut. Ich singe am liebsten unter der Dusche, denn im Badezimmer hallt es so schön. Wenn dir der Sound von deinem Handy zu leise ist, leg es doch mal so hin, dass es mit dem Lautsprecher Richtung Wand und etwa fünf Zentimeter von ihr entfernt liegt. Du wirst überrascht sein, wie viel lauter die Musik plötzlich ist. Oder du hast in Physik besser aufgepasst als ich, dann bist du nicht ganz so überrascht.

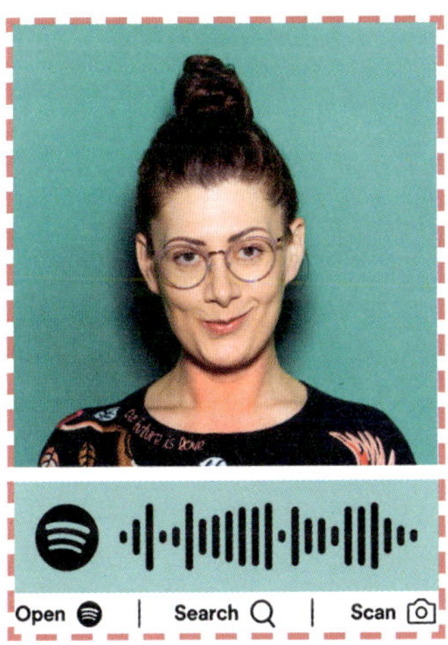

Du wirst es wieder schaffen

Ich würde dir so gerne sagen, dass dieses Buch dich vor allem Schlechten in der Welt beschützt und du nie wieder traurig sein wirst. Ich wünschte wirklich, dass es in meiner Macht läge, dass dir nie wieder etwas Schlechtes widerfährt, aber Schicksalsschläge passieren und reißen uns den Boden unter den Füßen weg. Ich kenne diese Phasen leider auch.

In diesen Zeiten, in denen alles dunkel ist, wir ständig mit den Tränen kämpfen und glauben, dass wir nie wieder glücklich werden können, sind wir sicher, dass das nun für immer so bleiben wird. Alles tut weh, und diese abgrundtiefe Hoffnungslosigkeit ist wohl das Schlimmste. Diese völlige Überzeugung, dass dieses Gefühl von Verzweiflung und Leere nun für immer bleibt und wir einfach nur hilflos ausgeliefert sind, droht uns immer tiefer in die Traurigkeit zu ziehen.

Ist dir aufgefallen, was ich am Ende des ersten Absatzes geschrieben habe? Ich habe geschrieben, dass ich diese »Phasen« leider auch kenne. Ich habe es geschrieben, ohne wirklich über die Bedeutung des Wortes nachzudenken: Eine Phase ist nur ein Abschnitt des Lebens.

Aber ganz genau so ist es. Schicksalsschläge sind feige, und meist kommen sie im Rudel, aber wir wachsen an ihnen, lernen, uns an die neue Situation anzupassen und sie aktiv mitzugestalten. Das klingt jetzt total unemotional, aber genau darum geht es: Wir befreien uns selbst aus dieser schrecklichen Ohnmacht, in der uns das traurige Gefühl lähmt, und dabei hilft mir folgende Übung:

Ich nehme einen weißen Zettel und male einen Strich mit einem Anfangspunkt und einem Endpunkt. Vorne ist meine Geburt, hinten ist jetzt. Nun überlege ich, wann es mir schon mal so schlecht ging, dass ich diese Hoffnungslosigkeit gefühlt habe. Mir fallen da einige Phasen ein, und all diese zeichne ich auf meinen Lebensstrahl. Ich sehe, dass zwischen diesen traurigen Phasen immer wieder Platz für Glück, Hoffnung, Freude und Spaß ist. Phasen gehen vorbei, und nur weil es ein Mal dunkel ist, heißt es nicht, dass es nicht schon bald wieder hell werden kann.

Versuch es doch auch mal. Stift, Papier und los …

Das dauert nur wenige Minuten, schenkt dir aber die beruhigende Gewissheit, dass du es schon einige Male geschafft hast. Dann überleg dir, was dir damals gutgetan, ja was dir geholfen hat, dich besser zu fühlen. Vielleicht gibt es ja sogar die ein oder andere Sache, die dich in der Vergangenheit aus so einigen dunklen Phasen geholt hat?

Erinnere dich immer wieder daran, dass du es schon mal geschafft hast, und sei dir sicher, dass du es wieder schaffen wirst.

Das Versteckspiel: gute Energie suchen und finden

Ich möchte dir einen Trick verraten, der mir immer dann hilft, wenn ich mich so unglücklich fühle, dass ich es sogar in meinem Körper spüre. Mal ist es der dicke Kloß im Hals, dass ich kaum noch sprechen mag, oder der einschnürende Panzer um meine Brust, dass mir das Atmen schwerfällt, oder dass sich mein Herz so schwer anfühlt, dass es einfach nur unbeschreiblich wehtut.

Ich nehme mir einen Stuhl und stelle ihn vor das geöffnete Fenster.

Ich ziehe meine Schuhe aus und setze mich auf den Stuhl, beide Füße auf dem Boden.

Ich lege meine Arme auf die Knie und schließe die Augen.

Dann atme ich zehn Mal langsam und tiiiiief durch die Nase ein und durch den Mund aus ... ein und aus ... ein und aus.

Meine Augen sind immer noch geschlossen, und nun spüre ich in mich hinein.

Ich suche nach einer Stelle im Körper, die nicht wehtut.

Dabei atme ich langsam und ruhig weiter ein und aus.

Erst spüre ich nach, ob es der Kopf ist, aber der ist voll mit trüben Gedanken.

Dann hinunter zum Hals, aber da sitzt der große Kloß.

Meine Schultern sind es auch nicht, auf ihnen scheint eine schwere Last zu ruhen.

Meine Brust hebt und senkt sich langsam vom stetigen Ein-und-Ausatmen, aber gut fühlt sie sich leider auch nicht an.

Immer weiter taste ich mich durch meinen Körper und suche so lange, bis ich den Punkt gefunden habe, der sich zumindest okay anfühlt. Und wenn es nur der linke dicke Zeh ist.

Habe ich diesen Punkt gefunden, lenke ich all meine Gedanken in diesen Bereich und versuche, dieses gute Gefühl, das dort sitzt, auszuweiten. Stückchen für Stückchen, Zentimeter für Zentimeter strömt die gute Energie von dort aus in die anderen Regionen meines Körpers und vertreibt die Angst, die Schmerzen und die Unsicherheit. Ich erobere mir meinen Körper zurück und merke, wie die gute Energie langsam, aber sicher zurückkommt.

love

Es ist ein unvergleichlich gutes Gefühl, dass ich das ganz allein, ohne fremde Hilfe schaffe. Wann immer ich mich auf die Suche gemacht habe, saß die gute Energie woanders und hat nur drauf gewartet, von mir entdeckt zu werden. Ich glaube, manchmal spielt die gute Energie mit mir Verstecken, aber ich werde immer besser darin, sie zu finden.

Wettkämpfe und Mannschaftssport

Ich muss dir was gestehen: Ich bin nicht nur unsportlich, nein, ich scheue wirklich jeden Wettkampf. Hier ist es mir auch völlig egal, ob zwei Mannschaften gegeneinander antreten oder ob es um den direkten Vergleich geht. Obwohl, nein, so ganz egal ist es mir dann doch nicht. Der Gedanke, gemeinsam mit anderen als Team antreten zu müssen, ist schlimmer. Viel schlimmer. Denn in diesem Fall wäre ich nicht nur für mein eigenes Scheitern verantwortlich, sondern würde durch meine schlechte Leistung gleich das ganze Team schwächen.

Mein bester Freund Batomae ist auch in diesem Punkt das krasse Gegenteil von mir. Mannschaftssport und Wettkampf lassen seine Augen glänzen. Hockey, Tischtennis oder Fußball? Nichts könnte ihn davon abhalten. Er ist ein absoluter Teamplayer und mit Wettkampfsituationen aufgewachsen – ja, und an ihnen gewachsen. Hm, vielleicht ist er deshalb locker einen ganzen Kopf größer als ich. Oder sind es sogar fast zwei?!

Nein, im Ernst. Ich denke wirklich, dass es mir sehr gutgetan hätte, mich auch mal mit anderen zu messen. Okay, vielleicht wäre ich bei der Auswahl beim Schulsport immer die Letzte auf der Bank gewesen. Mag sein. Ja, vielleicht wäre ich auch diejenige gewesen, die deutlich mehr Niederlagen als Siege eingefahren hätte. Ziemlich sicher sogar. Ja, auch bei den Bundesjugendspielen hätte ich vielleicht nur eine Teilnehmerurkunde bekommen. Aber ganz sicher würde ich dann heute viel seltener nur danebenstehen und zuschauen. Ich habe es einfach nie gelernt, weil ich mich immer gedrückt habe.

Während die anderen Mädels vor dem Schulsport noch schnell die Unterschrift auf der Entschuldigung gefälscht haben, konnte ich schon entspannt durchatmen. Mein Attest vom Arzt galt schließlich immer für ein komplettes Halbjahr. Mein Asthma bewahrte mich vor Völkerball, jedem Zirkeltraining oder Bockspringen. Auch beim Schwimmen konnte ich im Trockenen bleiben. Yepp, 'ne Chlorallergie hatte ich nämlich auch. Damals fühlte es sich wie ein Sechser im Lotto an, heute nervt es mich, dass ich so wenig Übung in Wettkämpfen habe, denn auch hier macht Übung den Meister.

Seit einiger Zeit gehe ich jeden Tag ein Risiko ein und mache etwas, wovor ich eigentlich Angst habe. Oder zumindest großen Respekt. Das kann alles sein: über eine wackelige Brücke gehen, ein Buch von Sebastian Fitzek lesen, auf einer Mauer sitzen (wobei hier eher das Hochklettern das Problem ist) oder zu einer Veranstaltung gehen, wo ich niemanden kenne. Genau, ich suche mir kleine Herausforderungen und schaue, was passiert.

Erst neulich habe ich mit Batomae und ein paar Freunden meinen Geburtstagsgutschein eingelöst, und wir waren Minigolf- spielen. Um genau zu sein: Schwarzlicht-Minigolf. Yepp, so richtig. Mit Abschlägezählen, Punkteaufschreiben und Siegerküren. Für viele das reinste Vergnügen, und was soll ich sagen? Für mich ab jetzt auch, denn es hat Spaß gemacht. Es hat unglaublich doll Spaß gemacht!

Auch wenn Nils, Karl und Batomae mir 20 Geburtstags-Bonuspunkte geschenkt haben, war ich natürlich nicht wirklich oben auf dem Siegertreppchen. Aber ich habe trotzdem gewonnen, zumindest innerlich. Ich habe meine Angst besiegt, denn ich habe nicht nur danebengestanden und zugeschaut. Ich habe mitgemacht, und ich habe sogar die Kuhglocke an der 18. Bahn zum Läuten gebracht. Siegerpose? Check. Und was soll ich sagen? Gäbe es einen Weltrekord des Jubelns ... ich hätte gute Chancen, ihn zu gewinnen.

Übung:

Hast du schon mal an einem Wettkampf teilgenommen?

....

....

....

....

....

....

....

....

....

....

....

....

....

....

Wie hat es sich angefühlt, und wie ist es für dich ausgegangen?

....

....

....

....

....

Schreib mal wieder

Ich freu mich immer, wenn ich gefragt werde, ob ich eine Widmung ins Buch schreiben würde, denn ich finde, es gibt kaum etwas Schöneres als handgeschriebene Zeilen. Nicht selten blicke ich dann in erstaunte Gesichter, da meine Handschrift sehr ordentlich und kindlich wirkt, also so gar nicht wie die einer Autorin.

Zu verdanken habe ich diese Schrift meiner Oma, bei der ich früher immer nach der Schule zum Essen und Hausaufgabenmachen war, bis meine Mama von der Arbeit kam. Meine Oma hatte so eine wundervoll geschwungene Handschrift, dass ich gerne mit ihr Schönschrift geübt habe. So lange, bis meine Buchstaben oben und unten die Linien berührt haben, erst dann war es perfekt.

Batomae sagt immer, dass ich eine Grundschulschrift hätte, und wenn ich meinen Schreibstil von damals mit meiner Schrift von heute vergleiche, ist da tatsächlich etwas Wahres dran. Wie sieht's mit dir aus? Hat sich deine Handschrift von der Grundschule bis heute doll verändert? Frag doch mal deine Eltern, ob sie vielleicht noch alte Schulhefte oder Briefe und Postkarten von dir haben, dann kannst du sie mit deiner Schrift von heute vergleichen.

Auf den folgenden Seiten findest du einen Briefbogen und zwei Postkarten zum Heraustrennen. Wir schreiben alle so viele Mails und Nachrichten am Handy, da werden deine Lieben sicher nicht schlecht gucken, wenn sie plötzlich ein paar handgeschriebene Zeilen oder eine Postkarte von dir im Briefkasten haben.

PS: Wenn du die Seiten nicht heraustrennen magst, gibt es sie natürlich auch zum Download auf www.unvergleichlich-du.de

Danke an

Zuallererst möchte ich mich bei dir bedanken. Ich bin unsagbar stolz, dass du mir deine Zeit geschenkt hast, dass du mit mir so tief in meine Erinnerungen eingetaucht bist, und vor allem, dass du so mutig warst, gemeinsam mit mir neue Dinge auszuprobieren. Ich freue mich schon drauf, zu sehen, wie du die leeren Seiten gefüllt hast. Vielleicht entdecke ich sie ja bald bei Instagram, wenn du mich markierst. Oder du zeigst sie mir, wenn wir uns bei einem Auftritt kennenlernen, da würde ich mich freu'n. Die Termine findest du auf www.unvergleichlich-du.de

Mama, deine bedingungslose Liebe schenkt mir jeden Tag das Gefühl von tiefer Geborgenheit. Ich hoffe, ich werde später mal so wie du. – Ich liebe dich.

Batomae, du bist nicht nur mein bester Freund – du bist der Mensch, ohne den es all das, was mich heute so glücklich macht und mit Stolz erfüllt, nicht geben würde. Danke, dass du an meiner Seite bist.

Manu, Sebastian, Sally, Stolli & Angie von Raschke Entertainment, wo sich Management wie Familie anfühlt. – Geht nicht? Gibt's nicht!

Roman und Markus von der AVA international, ihr lasst mich daran glauben, dass wirklich alles möglich und kein Traum zu groß ist.

Katharina vom Oetinger Verlag: Danke, dass sich unsere unzähligen Mails und Telefonate nie nach Arbeit angefühlt haben. Ich freu mich jetzt schon auf Band 2.

Julia, Silke, Thilo, Alex, Helga, die eine Anne, die andere Anne und das ganze unvergleichliche Team vom Oetinger Verlag: Bei euch fühl ich mich zu Hause.

Josi, danke, dass ich (mich in) deine niedlichen Zeichnungen so sehr (ver)liebe.

Maik Pallasch, Laura Markgraf & Spotify, ihr lasst unsere inneren Hymnen laut werden.

Fühlt euch alle gedrückt,
eure

Jana